아오지까지

조경일 | 세 번에 걸친 탈북 끝에 열일곱에 대한민국 국민이 되고 나서 약자를 돕고 통일에 기여하는 인생을 살고 있다. 성균관대학교 정치외교학과를 졸업하고 다양한 여정을 거친 후 김영춘 전 국회사무총장 비서를 역임했다. 현재는 민주평화통일자문회의 자문위원, 통일코리아협동조합 이사, 뉴코리아네트워크 팀장, 한평정책연구소 연구위원, (사)비욘드더바운더리 운영위원으로 활동하면서 대립과 갈등의 벽을 어떻게 하면 줄일 수 있을까 줄곧 생각한다. unitydreams@gmail.com 인스타그램 @kyeongil_joh

세 번 탈북한 소년의 나라
아오지까지

발행일 | 2021년 12월 15일 1판 1쇄

지은이 | 조경일
편   집 | 마담쿠, 코디정
디자인 | 정우성
마케팅 | 우섬결

펴낸곳 | 이소노미아
          서울시 종로구 율곡로 2길7 서머셋팰리스 303호
          T | 010 2607 5523   F | 02-568-2502
          Contact | h.ku@isonomiabook.com
펴낸이 | 구명진

ISBN 979-11-90844-15-4

좋은 책을 만드는 이소노미아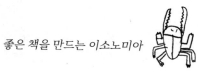

세 번 탈북한 소년의 나라

아오지까지

조경일 지음

이소노미아

스쳐지나가는 모든 인연에도 감사합니다.

Contents

들어가며

제1장 세 번에 걸친 탈북

제2장 안녕하세요, 조경일입니다

제3장 마음의 벽을 허물어 봐요

편집후기

들어가며

한스 콘라드 슈만이라는 사람이 있었습니다. 그는 베를린 장벽을 넘어 탈출한 최초의 동독 군인이었습니다. 그가 경계를 넘는 장면을 찍은 사진은 '자유를 향한 도약'으로 전 세계 신문 1면을 장식했습니다. 세월이 흘러 1989년 베를린 장벽이 붕괴되자 슈만은 고향으로 돌아갔습니다. 그러나 가족과 친척이 그를 반겨주지 않았습니다. 혼자만 살겠다고 탈출해 놓고서 왜 왔느냐는 반응이었습니다. 고향은 그에게 더 이상 따뜻한 곳이 아니었습니다. 슈만은 우울증에 시달리다 1998년 고향에서 자살로 생을 마감했습니다. 자유를 향한 도약은 이렇게 슬픈 결말로 끝납니다. 슈만은 얼마나 괴로웠을까요? 이 사람의 이야기를 생각할 때마다 나는 걱정이 들기도 하고 무섭기도 합니다. 내 가족이, 내 친척이, 내 친구들이, 내 고향이 나를 반겨주지 않으면 어떡하나. 나도 슈만처럼 경계를 넘어 고향을 떠나왔습니다. 그리고 미래 어느 날 그처럼 고향에 돌아갈 수 있기를 바랍니다. 하지만 콘라드 슈만의 고뇌는 피하고 싶습니다. "우리가 이렇게 힘들 때 너는 무엇을 했느냐?" 이런 이야기를 듣고 싶지 않습니다. 고향을 위해 내가 이렇게 열심히 살았노라, 그렇게 답하고 싶습니다. 그런 소망이 있습니다.

아오지까지. 이것이 내 소망입니다. 그래요, 저는 고향 아오지에서 왔습니다. 아픈 기억이 많습니다. 원망스럽기도 합니다. 하지만 고향이 그립기도 합니다. 꼭 만나야 할 사람이 그곳에 있습니다. 사람들이 정겹게 생각하는 고향이라는 곳, 제게는 갈 수 없는 곳입니다. 하지만 언젠가 고향으로 돌아갈 수 있는 날이 오리라 믿습니다. 아오지에서 아오지까지, 이것이 제 인생입니다.

제 이야기가 독자 여러분에게 낯설고 생소할지 모릅니다. 하지만 특별한 이야기도 아닙니다. 탈북민들은 저마다 비슷한 고난들을 겪었습니다. 그런 이야기들 중 하나입니다. 분단이라는 비극의 시대를 살아가는 사람들이 이 땅에 많습니다. 그들의 삶과 사연을 제 이야기를 통해 조금이라도 알리는 데 기여할 수 있기를 바랍니다. 올해로 한국에서 새 삶을 시작한 지 17년이 됩니다. 아오지에서 온 한 청년의 남한 살이 이야기이지만, 또래들처럼 취업난에 부딪히며 또 불안한 미래를 고민하는 평범한 MZ세대의 일원이기도 합니다. 대한민국의 삶도 쉽지는 않습니다만, 그래도 제게 이곳은 꿈꿀 수 있는 기회의 땅이 분명했습니다. 고마운 분들을 많이 만났습니다. 항상 주변에는 저를 응원해 주시는 분들도 많았습니다. 한 사람 한 사람 이름을 다 열거할 수 없을 정도입니다. 타인의 도움과 안내가 없었다면 아마 저는 꿈을 포기했을지도 모르겠습니다. 스쳐지나가는 모든 인연에도 감사한 마음입니다. 이런 마음으로 제가 살아오면서 겪고 배우고 경험해 왔던 이야기를 독자 여러분과 나누고 싶습니다. 북한이라는 사회는 서울의 삶과는 많이 다릅니다. 이 책을 통해 그 차이를 느껴 보시기 바랍니다. 또한 '탈북'이라는 정체성을 안고 한국 사회를 살아가는 사람들의 마음도 전하고 싶습니다.

제1장

세 번에 걸친 탈북

레미제라블

레 미제라블Les Misérables. 불쌍하고 비참한 사람들. 2012년 휴
잭맨이 주인공 장발장으로 나오는 뮤지컬 영화 〈레미제라
블〉을 봤다. 빅토르 위고의 원작 소설 〈레미제라블〉을 영화
로 각색한 작품이다. 빵 한 조각을 훔친 죄로 19년의 옥살
이를 하고도 쫓겨 다니면서 신분을 숨겨야 했던 장발장에
대한 이야기. 내 인생영화 중 하나다. 기구한 삶을 산 장발
장에 감정이입이 돼버렸다. 그런 장발장을 보면서 아버지
가 생각났다. 우리집은 찢어지게 가난했다. 입에 풀칠도 어
려웠다. 부모님은 열 살도 안된 아이를 먹이기 위해 혼신의
힘을 다했다. 두세 시간 떨어진 산에서 나무 땔감을 마련하
여 그걸 팔아 한 끼 식사를 해결했다. 우리는 들에서 먹을
수 있는 풀은 있는 대로 다 뜯었다. 풀독이 올라 얼굴이 퉁
퉁 붓기도 했다. 나무껍질과 풀뿌리도 캤다. 그것으로도 안

될 때가 있었다. 그럼 마지막 수단으로 남의 것을 훔쳤다. 너무 굶어서 한계치에 다다랐을 때 협동농장 옥수수 밭에 뛰어들어 옥수수를 몰래 훔쳐 오기도 했다. 남에게 손 내밀기를 그토록 싫어하던 아버지와 어머니의 어깨가 얼마나 무거웠을까. 다들 살아남기 위해 몸부림쳤다. 내 앞집, 옆집, 뒷집 모두 사정이 같았다. 다들 살아남기 위해 이를 악물었다. 도둑질을 하다 잡히면 단련대(교도소)에서 꼬박 몇 날 며칠을 강제노동을 하고 나와야 했다. 단련대는 그런 사람들로 가득 차고도 넘쳤다. 열 살 무렵 나는 장마당에서 구걸하거나 땅바닥에 떨어진 옥수수 알맹이를 주워 먹었다. 나는 '꽃제비'였다. 장마당에는 나 같은 아이들이 장 보러 나온 사람들만큼이나 많았다. 어린 장발장들이었다. 우리는 모두 레미제라블이었다.

푹신한 좌석에 앉아 팝콘과 콜라를 집어 들고 영화를 보는데 옛 기억이 주마등처럼 스쳐지나갔다. 한때 비참한 사람이었던 내가 이제는 편안하게 앉아 장발장 영화를 감상하는 것이다. 멀리 다른 지역으로 도망쳐 신분을 숨긴 채 선량하고 부유한 '마들렌'으로 살아가는 장발장의 모습이 마치 내 모습인 것 같고, 우리들 탈북민 이야기인 것 같기도 했다. 이북에 남아있는 아버지가 보고 싶다.

캄보디아에서 만난 한국인 브로커

탈북민들의 탈북 이야기는 저마다 한 편의 드라마다. 나도 우여곡절이 있었다. 이제부터 내 이야기, 세 번 탈북한 소년 이야기를 하려고 한다. 그러기 전에 캄보디아에서 만난 한 한국인 이야기를 하지 않을 수 없다. 덩치가 매우 큰 사람이었다.

어린 나는 한국 사람은 다들 좋은 사람인 줄 알았다. 처음 탈북했을 당시 한국인 선교사들 덕분에 중국에서 학교를 다닐 수 있었다. 나를 보살펴 주고 학교도 보내 준 그분들이 내가 유일하게 아는 한국인들이었다. 반면 내게 나쁜 사람들은 중국 공안이었다. 내가 북에서 온 소년이라는 사실이 발각되면 나를 필히 잡아가는 사람들, 그들이 공안이었다. 길을 걷다가도 공안차가 지나가면 움찔움찔 온몸이 굳어버리곤 했다. 그러다가 2004년 여름, 어린 나를 포함해서 열두 명이 일행이 되어 한국으로 들어가기로 했다. 우리는 먼저 중국에서 기차와 버스를 타고 남쪽으로 이동했다. 광둥성 광저우시를 지나 베트남과 국경을 접하고 있는 난닝시까지 갔다. 그곳에서 베트남 국경을 넘었다. 여러 우여곡절 끝에 여섯 명이 목적지인 캄보디아에 무사히 도착했다. 아들을 한국에 오게 하는 이 여정에 드는 비용은 먼저 탈북해서 한국에 정착한 어머니가 지불했다. 캄보디아 수도 프놈펜시에 중간 거처가 있었다. 우리 일행을 안내하는 브로커가 우리를 맞이했다.

며칠 동안 한인 브로커 집에서 지냈다. 집인지 회사인지 정확히 어떤 건물인지 용도를 알지 못하는 곳에서 우리는 함께 지냈다. 브로커는 어머니에게 전화를 걸어 추가로 1만 불을 더 요구했다. 일정이 지체되었다는 것이 이유였다. 어머니는 이미 천만 원을 훨씬 넘게 냈던 터라 1만 불을 더 감당하기 어려웠다. 당신도 한국에 온 지 1년 반이 조금 넘었던 터라 돈이 없었다. 다음 장소로 이동하는 날이 왔다. 오후 5시쯤 방에서 짐을 싸고 있는데 브로커가 전화하는 소리가 들렸다. 통화가 끝나더니 브로커는 얼굴을 찌푸리며 씩씩거렸다. 우리는 브로커가 시키는 대로 짐을 챙겨서 봉고차에 탔다. 다음 장소를 향하는 동안 모두 숨죽이고 말없이 봉고차에 탄 채 이동했다. 한 시간쯤 갔을까. 바깥이 살짝 어두워지고 있는 초저녁이었다. 도심에 차가 멈추어 섰다. 한국인 브로커가 차에서 먼저 내리더니 기다리고 있던 사람들 여러 명을 만나 얘기를 했다. 몇 분 지났을까. 창문으로 비스듬히 그 남자들이 보였다. 나는 다음 장소로 안내해 주는 또 다른 브로커들이라고 생각했다. 잠시 뒤 브로커가 모두 내리라며 우리를 불러냈다. 남자들의 복장이 익숙했다. 생김새도 우리와 비슷했다. 나는 무슨 일이 벌어졌다는 걸 직감했다.

캄보디아 주재 북한 대사관 사람들이었다.

브로커가 1만 불을 더 주지 않는다고 우리를 북한 대사관에 넘겨버린 것이었다. 믿을 수 없는 상황이었다. 우리를 데려간 곳이 북한 대사관 사람들 앞이라니. 한인 브로커에게 우리 여섯 명의 목숨은 돈 1만 불보다 가치가 없었다. 이런 사람이 한국인이라는 게 믿어지지 않았다. 하지만 우리는 저항할 수 없었다. 북한 대사관 직원들에게서 캄보디아 경찰들에게 넘겨졌다. 경찰서에서 대사관 직원들에게 조사를 받았다. 간단한 조사를 받았다. 무섭게 추궁하지는 않았다. 그러고는 우리에게 집으로 돌아가게 될 것이라며 사흘 뒤에 데리러 오겠다는 말을 남기고 사라졌다. 절차가 있어서 바로 데려갈 수는 없었던 것 같다. 우리는 그렇게 캄보디아 외국인 감옥에 수감되었다. 절망스러운 나날들이었다. 희망은 공포로 바뀌어 있었다. 우리 일행을 기다리는 것은 정치범 수용소뿐이었다. 캄보디아에서 사업을 한다는 그 한인 브로커, 나는 그의 이름을 모른다. '유사장'으로 불렸던 것 같다. XXXL 사이즈의 옷을 입을 듯한 커다란 덩치만 기억날 뿐이다. 그는 내가 지금껏 만난 가장 나쁜 한국인이었다. 언젠가 벌을 받으리라. 아니, 벌써 받았을지도 모른다.

우리는 캄보디아 감옥에서 18일을 더 구속되어 있다가 극적으로 구조됐다. 대한민국 국정원과 외교부의 활약 덕분이었다. 이 이야기는 나중에 다시 하겠다. 우선 내가 어떻게 세 번이나 탈북하게 됐는지 지금도 잊을 수 없는 옛 기억을 모아서 쓴다. 탈북민이라면 누구에게나 있을 법한 그런 얘기일지도 모르겠다.

먹을 것을 구해 오마

우리 가족이 마지막으로 함께하던 밤이었다. 컴컴한 방안에 등잔불을 켜고 있었다. 아빠, 엄마, 누나, 나. 우리는 네식구였다. 나는 누워 있었다. 자는 척했다. 아빠와 엄마는 중국에 가느냐 마느냐로 목소리를 높였다. 아빠가 어딘가에서 중국에 가면 식량을 구할 수 있다는 이야기를 들었다고 한다. 아빠는 엄마를 중국에 보내려 했다. 그리고 다음날 새벽 엄마는 내게 엿 한덩어리를 손에 쥐어 주면서 잘 챙겨 먹으라고 말했다. 한 달 뒤에 꼭 돌아오겠노라 약속했다. 엄마는 누나와 함께 떠났다. 아빠는 야간 출근을 나가면서 먼길 떠나는 엄마와 누나를 바래다 줬다. 나는 밤에 혼자 집에 남았다. 그때 나는 이별이 그토록 길어질 줄 몰랐다. 그후로 나는 아빠와 둘이 살았다.

그때가 1998년 1월 30일이었다. 엄마와 누나 둘이서 식량을 구하러 백포를 뒤집어 쓰고 두만강을 건넜다. 당시 내 나이는 열 살에 불과했다. 집 바로 앞이 큰 길이었다. 살짝 경사가 있는 오르막 언덕길이었다. 나는 매일 큰 길에 나와 앉아 햇볕을 쬐며 기다렸다. 어두워져서 더는 사람이 보이지 않을 때까지 기다리면서 하루를 보냈다. 한 달 있다가 돌아오겠다고 약속했으니 나는 매일 한 달을 손꼽아 기다렸다. 엄마와 누나가 먹을 것을 구해 오는 모습을 상상하곤 했다. 멀리서 여자처럼 보이는 사람 둘이 걸어오면 나는 심장이 두근두근거렸다. 약속했던 한 달이 지났다. 그러나 소식이 없었다. 엄마가 보고 싶었다. 누나가 보고 싶었다. 배낭에 먹을 것을 한 가득 메고 돌아오는 엄마의 모습을 상상하면서 잠이 들기를 반복했다. 두 달이 지나고 세 달이 지나고 1년이 지났다. 집 앞에는 학교가 있었다. 또래 아이들이 아침마다 대열을 맞춰 행진하며 학교 정문을 지나갔다. 부러웠다. 그 학교 앞은 피해서 다녔다. 우르르 몰려다니는 아이들에게 놀림당할까 무서웠다. 집 앞 근처에 아이들이 오지 않기를 바랐다. 혼자 노는 게 좋았다. 혼자 곧잘 놀았다. 구슬치기, 벽돌치기, 딱지접기 등 혼자서도 할 수 있다. 가끔 동네 또래 아이들 무리에 끼어서 놀기도 했지만 항상 눈치를 봤다. 길가에 앉아서 놀고 있으면 오가는 사람들이 한마디씩 던지고 지나갔다. 너는 왜 혼자 놀고 있느냐고. 학교는 가지 않느냐고. 그렇게 또 1년을 기다렸다.

고난의 행군과 첫 번째 탈북

우리는 원래 살던 룡연을 떠나 읍인 상농경에서 살았다. '고난의 행군[1]' 시절 이북 사람들은 먹을 것을 찾아 여기저기 떠돌아다녔다. 나도 배가 너무 고파서 학교에 가지 못했다. 아버지가 출근하면 나는 집을 지켜야 했다. 빈집털이 도둑이 하도 많은 시절이어서 며칠 굴뚝에서 연기가 나지 않으면 가마솥부터 창틀과 문짝까지 다 뜯어간다. 아빠는 출

---

1. 1996~1999년까지 있었던 북한의 대기근 시절을 뜻한다. 북한 최악의 식량난으로 수십 만 명이 아사한 것으로 추정된다. '고난의 행군'이라는 이름은 김일성의 항일활동에 빗댄 표현이었다. 김일성이 이끄는 항일유격대가 1938~1939년 겨울 혹한과 굶주림을 겪으면서 일본군의 토벌작전을 피해 100여 일간 행군을 했다는 일화가 있다.

근할 때마다 내게 집을 잘 지키라고 당부했다. 며칠 동안 친척 집에 식량 구하러 갈 때면 아빠는 바깥에서 문을 걸어 잠그고 떠났다. 어린 내가 걱정스러워서 그런 것이었다. 나는 인기척을 내지 않고 집 안에서만 지냈다. 아빠가 떠난 후 이튿날이 되었을 때였다. 저녁시간 무렵이었을 것이다. 열쇠를 여는 소리가 들렸다. 사흘 뒤에 돌아오겠다는 약속이었는데, 아빠가 이렇게 빨리 돌아올 리가 없는데… 나는 문이 열리는 걸 뚫어져라 쳐다봤다. 웬 아저씨가 문을 따고 휙 들어오더니 나와 눈이 마주쳤다. 도둑도 당황하고 나도 당황했다. 도둑은 깜짝 놀라 도망치듯 뛰쳐나갔다. 이틀 동안 문이 잠겨 있었으니 빈집으로 생각했던 모양이다. 무서웠다. 내 등에는 식은땀이 흘러내렸다. 고난의 행군 시절은 지독했다. 가정이 파탄 나고 집들이 무너졌다. 사람들이 식량 구하러 뿔뿔이 흩어져서 빈집이 넘쳐났다. 사람들은 도둑이 됐고 도둑이 빈집을 털었다. 벽지마저 땔감으로 뜯겼다. 빈집은 벽돌만 남았다. 비바람으로 곰팡이로 기둥벽돌이 부식돼서 무너져 내렸다. 우리 동네는 다세대 연립주택이 통째로 무너져 사라지곤 했다. 마치 재개발 철거현장 같았다.

어느 날 장작을 구하러 산에 오른 아빠는 빙판에 미끄러져 다리를 다쳤다. 장작을 팔아 산 비지떡으로 한 끼를 해결하던 것도 더 이상 할 수 없게 됐다. 아빠와 손잡고 집을 떠날 수밖에 없었다. 그나마 여유가 있는 친척 집을 찾아가기로 했다. 강냉이 1킬로를 군불에 닦아서 여행식량으로 챙겨 떠났다. 돈이 없으니 자동차를 탈 수도 없었다. 무작정 나진에 있는 외삼촌 집으로 향했다. 아빠는 절룩거리는 다리로 배낭을 메고 내 손을 잡고 비포장 산길을 걸었다. 나진으로 가려면 '저술령 고갯길'을 지나야만 한다. 나진까지 백 리 길, 이틀을 꼬박 걸었다. 나는 힘들다고 투정만 부렸다. 외삼촌 집안 사정도 피차일반이었다. 끼니로 나온 미역죽은 쌀알을 셀 수 있을 정도였다. 미역으로 끼니를 때우며 살았다. 청진 큰 고모집을 비롯해 샛별 작은 고모집까지 친척집을 한 바퀴 돌았다. 잘해야 겨우 한두 달 신세를 질 형편도 안됐다. 아빠 다리가 회복되자 아오지 집으로 돌아왔다. 집은 폭탄을 맞은 듯했다. 밥솥이며 가구며 그릇이며 모조리 털렸다. 그릇도 수저도 없었다. 바닥에는 신발 자국이 군데군데 찍혀 있는 흑백 사진만 널부러져 있었다. 건넛집에 사는 인민 반장이 딱한 사정을 알고 냄비 하나와 수저와 밥그릇을 줘서 겨우 끼니를 챙겼다. 솥이 없어 아궁이에 불을 땔 수도 없었다. 여름이어서 다행이었다. 얼마 버티지는 못했다. 가을이 접어들기 전 아빠가 다니는 공장 기숙사로 들어갔다. 나는 아빠 따라 기숙사에 들어가 어른들과 지냈다.

2000년 6월 어느 날 밤이었다. 아마 9시쯤 됐을까. 기숙사 방에서 아빠랑 자고 있었다. 아빠는 몸살로 아파 누워 있었다. 누군가 나를 깨웠다. 아래층에 친척이 찾아왔다는 것이다. 처음 있는 일이었다. 친척이 찾아올 리 없는데… 나는 눈을 비비며 1층으로 내려갔다. 시커먼 옷을 입은 웬 여자가 서 있었다. 밤이라 어두워서 얼굴을 정확히 식별할 수 없었다. 문을 열고 나갔다.

"경일아!"

나를 부르는 목소리가 들렸다. 귀에 익숙한 목소리였다. 엄마였다. 2년 만에 엄마 목소리를 들었다. 엄마는 나를 부둥켜 안았다. 엄마는 중국에서 살다가 잡혀서 북송되어 왔다고 했다. 함께 아빠를 만났다. 아빠도 어색하게 인사를 했지만 아파서 정신이 없었다. 엄마는 오래 머물 수 없었다. 다음날 엄마는 아빠에게 함께 떠나자고 했다. 아빠는 결정을 못했다. 그러자 엄마는 내 손을 잡고 아빠와 헤어졌다. 나는 영문을 모른 채 아빠와는 별다른 인사도 못하고 엄마를 따라나섰다. 엄마는 중국으로 다시 떠날 생각이었다.

나는 그렇게 엄마와 함께 첫 번째 탈북을 했다. 아오지는 두만강 하류 지역이어서 물이 깊고 넓어 여름철에는 건널 수 없다. 우리는 두만강 상류 지역으로 향했다. 몇 날 며칠을 걸어서 이동했다. 온성군 풍인 지역에 도착했다. 두만강 물이 잔잔했다. 강 건너편 중국 마을에서 불빛이 보였다. 엄마는 여기서 건너자고 했다. 우리는 강둑 숲속에 숨어 새벽이 오기를 기다렸다. 큰 투명 비닐봉지에 바람을 불어넣어 튜브처럼 쓰기로 했다. 새벽 두세 시쯤이었을까. 엄마는 나와 떨어지지 않게 손목을 끈으로 묶었다. 강물에 들어섰다. 5미터쯤 들어갔을까. 바닥에는 크고 작은 돌이 있었다. 물살이 거셌다. 수면 위는 잔잔했으나 수면 바닥은 도저히 몸을 가눌 수 없을 만큼 세찼다. 물살 때문에 나는 허둥지둥 10미터쯤 떠내려갔다가 다행히 바위틈에 발이 걸려서 멈췄다. 엄마 손을 잡고 겨우 물 밖으로 나왔다. 이곳은 안되겠다. 포기했다. 옷이 다 젖은 채로 숲에서 다시 새벽이 밝아오길 기다렸다. 재빨리 빠져나와 두만강 상류 다른 지역으로 향했다. 남양로동자구 지역에 머물렀다. 맞은편 중국은 도문시였다. 꽤 큰 도시였다. 엄마와 나는 손잡고 두만강 옆길을 여기저기 걸으며 염탐했다. 조금 더 올라가니 강물이 두 갈래로 갈라져 흐르는 곳이 나왔다. 필경 얕을 거라 생각했다. 추적추적 비가 쏟아졌다. 숨어서 강 건너기 딱 좋은 날씨였다. 숲에 숨어 자정이 지나기를 기다렸다. 새벽비가 너무 추웠다. 나는 물을 무서워했던 터라 엄마 품에 안겨 덜덜 떨었다. 엄마가 나를 일으켜 세웠다. 강물을 향해 기어갔다. 물이 한없이 차가웠다. 물은 내 턱밑까지 닿았다. 둘 다 수영할 줄을 몰라 물속에서 까치발로 껑충 걸었다. 그렇게 무사히 두만강을 건넜다.

건너편 중국은 자동차 도로였다. 차가 십 분에 한두 대씩 지나갔다. 차가 지나가면 도로 옆 도랑에 숨었다. 그러기를 반복했다. 중국 마을도 그 시간에는 컴컴했다. 엄마는 빨간 불만 찾았다. 십자가였다. 마을 여러 개를 지나 조금 더 멀리 떨어진 작은 마을에 드디어 십자가가 보였다. 문을 두드렸고 마침내 도움을 받았다.

너무 잘사는 나라 중국

첫 번째 탈북 후 우리는 연길시까지 들어갔다. 여러 도움을 받으면서 나는 선교사들이 보살피는 그룹 홈으로 갔다. 엄마는 돈을 벌기 위해 따로 살았다. 나는 탈북한 다른 학생들 여러 명과 함께 지냈다. 한국말을 할 줄 모르는 어느 중국인이 보모처럼 우리를 챙겨 줬다. 함께 살면서 우리를 돌봐 준 그녀는 30대 중후반의 젊은 한족 미혼 여성이었다. 참 좋은 사람이었다. 나는 연길시 흥안지역에 있는 흥안소학교 1학년에 다녔다. 정말 오랜만에 학교에 간 것이었다. 신분을 조선족으로 숨기고 6개월쯤 다녔을까. 다른 반에 있던 탈북학생들이 공안에 잡혀갔다는 소식이 들렸다. 우리는 재빨리 택시를 타고 도망쳐 나왔다. 다시는 그 학교에 가지 못했다. 우리는 다른 곳으로 거처를 옮겼다. 한국인 선교사가 돌봐 줬다. 다른 지역에 소학교로 입학할 수 있는 기회가 생겼다. 연길시 의란진에 있는 조선족 학교였다. 조선족 교회 전도사 집에서 함께 살았다. 나를 포함해서 남학생 두 명과 여학생 두 명이었다. 열두 살에 소학교 2학년에 입학했고 처음으로 안정된 생활을 했다. 그만하면 행복한 생활이었다. 3개월 만에 학급반장으로 지명됐고 매번 우수학생이 되었다. 탈북자 신분을 숨겨야 했기에 조용히 공부만 해야 했다. 소란을 피우면 안 됐다. 이름도 조경일에서 조명일로 바꾸었다. 함께 지냈던 소년이 내 이름을 썼다. 함께 사는 다른 이가 내 이름을 쓰니 어색하기 짝이 없었다. 전도사 님은 부모 잃은 조선족 형제로 우리 신분을 바꿔 주었다. 이름을 왜 그렇게 했는지는 아직도 이해가 가지 않는다. 좋은 이름이 어디 한두 개인가. 어쨌든 우리는 명일이와 경일이로 지냈다.

이북에서 풀뿌리만 캐먹던 내게 중국은 지상낙원이었다. 간판은 불빛으로 반짝였고 식탁은 기름진 음식들로 가득했다. 중국은 진짜 세상에 부러울 게 없는 나라라고 생각했다. 먹을 것 걱정이 없었다. 공안들 눈을 피해 살아야 했지만 차원이 다른 고통이었다. 배고프면 먹어야 하는 생존 욕구보다 더 강한 원초적 욕구는 없다. 일단 먹고살아야 어떤 욕구든 느낄 수 있는 게 아닌가. 내게 중국은 그런 곳이었다. 생존본능을 채울 수 있는 나라였다. 어두컴컴한 등잔불

밑에서 코끝에 등잔불 연기를 묻히며 살다가 대낮처럼 밝은 중국의 밤을 보니 신세계나 다름없었다. 난생 처음 접하는 휘황찬란한 문물들을 접했다. 자동차로 가득한 도로를 구경하는 것도 신기했고 길거리에서 양꼬치를 파는 모습도 신기했다. 형형색색의 과일들과 산처럼 쌓여있는 장마당의 먹거리들은 놀라운 광경이었다. 내게 최고의 놀이터였던 오락실에는 게임기가 가득했다. 불과 몇 개월 전 장난감을 손에 들고 뛰어다니며 놀아야 할 나이에 나는 손에 호미 들고 먹거리를 구하러 다녔다. 중국에서는 고향에서도 다닐 수 없었던 학교를 갈 수 있었고 내가 좋아하는 공부를 마음 껏 할 수 있었다. 처음으로 꿈이 생겼다. 계속 이렇게 조선 족으로 살 수만 있다면 적어도 먹고살 걱정은 없을 것이다. 중국은 너무 잘사는 나라였다. 나는 마치 과거에서 현재로 순간 이동을 한 것 같았다. 시간이 멈춰 있던 곳인 아오지 에서는 개구리 울음소리와 매미 소리뿐이었다.

나중에 우여곡절 끝에 한국에 도착해서 보니 한국은 중국 보다 더 잘사는 나라였다. 게다가 훨씬 안전했다.

북송

2002년 4월 26일 오후. 음악 시간이었다. 리코더를 배우는 시간이었다. 나는 음계에 맞춰 리코더를 불었다. 한창 수업 중에 누군가 불러서 담임 선생님이 교실 밖으로 나갔다. 한참 있다가 교실 문이 열리더니 담임 선생님이 내게 손님이 찾아왔다고 나오라고 말했다. 내게 찾아올 손님이 없는데 말이다. 나는 전도사 님이 찾아왔나 싶었다. 역시 전도사 님이 밖에 서 있었다. 그런데 전도사 님은 두 손을 앞으로 모으고 차렷 자세로 고개를 숙이고 있었다. 그 옆에는 공안차두 대가 서 있었고 중국 공안 서너 명이 물끄러미 나를 바라보며 오라고 손짓했다. 함께 다니던 세 명의 친구들도 불려 나왔다. 우리는 수업 중에 그대로 중국 도문감옥으로 끌려갔다. 옷가지 하나 없이 반바지 차림이었다. 누군가 신고한 게 분명했다. 보통 중국은 아이가 한 명인데 우리는 고

아에 두 명이었고 네 명이 한집에 같이 살았으니 의심쩍었을 것이다. 감옥은 하얀 타일 바닥에 수세식 변기가 구석에 놓인 열 평 정도의 크기였다. 가로세로 30센티 정도되는 하나뿐인 창문으로 햇볕이 들어왔다. '경일이'도 함께 수감됐다. 어른들이 열 명 정도 있었다. 우리가 제일 어렸다. 수업 중에 잡혀 와서 갈아입을 옷이 없었다. 4월은 여전히 추웠다. 감옥 안에는 이불이 부족해서 어린 나는 어른들 틈에 끼여서 추위를 이겨내야 했다. 38일 동안 같은 옷을 입었다. 이불과 몸에는 이가 가득했다. 중국 공안들은 우리를 사람처럼 대하지 않았다. 빵 한 조각에 국물 한 국자로 끼니를 채우게 했다. 방에는 온몸이 시커멓게 멍 든 아저씨가 있었다. 취조에 제대로 답을 하지 않자 공안견에게 물리게 했다고 말했다. 공안들이 때리고 개가 물어서 몸이 멍으로 가득했다. 38일 동안 운동도 시켜주지 않았으므로 줄곧 방 안에만 갇혀 있었다. 해가 뜨는 날에는 돌아가며 창문 아래에 서서 햇볕을 쐬는 풍경이 매일 반복됐다. 어린 꼬마인 우리들은 어른들이 다 쐬고 난 뒤에야 기회를 얻었다. 하루 중에 이때가 유일하게 기쁜 시간이었다. 높기만 한 창밖을 내다볼 수는 없었지만 햇살 너머에서 누군가 손을 잡아 주면 좋겠다는 상상을 하곤 했다. 한 달이 넘도록 방에만 갇혀 있다보니 내 얼굴은 창백해지고 기력도 빠져서 영양실조에 가까워졌다. '중국놈'들은 정말 고약하다고 생각했다.

38일째 되던 날 감방 문이 열렸고 함경북도 온성으로 북송될 순서를 기다렸다. 수갑 하나로 한 팔씩 두 명을 채웠다. 어린아이가 여럿 있었는데 나만 수갑을 채웠다. 차를 타고 국경 다리를 지나 온성 보위부에 인계되었다. 보위부는 가난해서 수갑도 부족했다. 각자 신발끈 하나씩 풀게 해서 수갑 대신 묶었다. 우리는 보위부 감옥으로 끌려갔다. 정사각형의 7평 남짓한 공간에 50명 정도 앉아 있었다. 서로 온몸을 비비듯 붙어야 겨우 앉아 있을 정도였다. 숨이 찼다. 사흘 동안 취조 받은 뒤 청진 꽃제비 시설로 보내졌다가 집으로 보내졌다. 그렇게 2년 만에 아빠를 만났다. 철창살 안팎에서 마주한 아빠 얼굴은 초라하면서도 따뜻함이 풍겼다. 그 표정을 잊을 수가 없다. 집으로 걸어가는 동안 아빠는 내 손을 꼭 잡고 말없이 걷기만 했다.

두 번째 탈북

중국에서 공안에 체포된 후 3개월 만에 아빠 품으로 돌아갔다. 그때가 2002년 7월의 일이다. 그 후 나는 아빠와 2년간 함께 살았다. 아빠를 다시 만난 것은 기쁜 일이었으나 그곳에서의 삶은 어린 내게 지독했고 열악했다. 꿈도 없이 하루 벌어 하루를 사는 것이 유일한 목표였다. 하루를 잘 살아내는 것에 안도의 한숨을 내쉬었다. 아빠는 2년 전 내가 떠난 뒤 사실혼으로 새 가정을 이뤘다. 나는 계모 밑에서 살아야 했다. 나와 동갑인 딸과 4살 어린 아들이 있었다. 내가 맏이 역할을 도맡았다. 처음 얼마 동안은 큰 불편 없이 똑같은 자식으로 대우받았다. 하지만 삶이 팍팍해서 그런지 계모는 엄마와 달랐다. 사소한 차별부터 시작해서 나중에는 대놓고 나만 괴롭혔다. 계모는 내게 모질었다. 어려운 일은 내가 도맡아 하면서 눈치를 봐야 했다. 같은 동네에는 계모의 오빠들도 살고 있어서 나와 아빠는 수세적인 입장이었다. 쪽수로 밀렸다. 우리 편이 없었다. 아빠는 거의 얹혀사는 상황이었다. 텃세를 부리듯 계모는 나를 몰아쳤다. 새벽에 자고 있으면 왜 빨리 일어나지 않느냐면서 누워 있는 내 머리를 발로 툭 차고 지나갔다. 아빠의 난처한 처지를 알고 있으니 참아내는 것이 최선이었다. 의붓동생이 밖에서 맞고 들어오면 아빠는 나를 혼냈다. 억울하지만 나는 아빠의 심정을 이해했다. 그렇게라도 아빠는 체면을 세워야 그들에게 조금이라도 더 큰소리를 칠 수 있었다. 나는 새벽 4시면 일어나 장사 배낭을 메고 나진 선봉 지역으로 장사를 떠났다. 밤 10시가 넘어서야 집에 도착했다. 땔감을 책임지는 것도 내 몫이었다. 남동생은 이리저리 게으름 피우기에 바빴다.

나는 중국이란 사회를 경험했기에 항상 중국과 북한을 비교했다. 모든 기준이 중국이었으니 북송된 이후에는 박탈감과 절망감뿐이었다. 북한을 떠난 적이 없는 아오지 사람들은 북한보다 열 배 이상 더 잘사는 중국을 상상하지 못했다. 기껏해야 TV 화면에 나오는 평양을 부러워했을 뿐이다. 모르는 게 약이라는 북한 속담이 있다. 모르는 게 행복하다. 하지만 나는 희망이 있는 삶, 배불리 먹을 수 있는 삶을 알았기에 괴로웠다. 중국에서 학교 다닐 당시 나는 미래를 꿈꿨다. 북한에 다시 돌아오니 자아실현이 불가능했다. 그런 개념조차 없었다. 나는 눈을 감고 중국에 머물던 시절을 그리워하면서 매일 밤 꿈을 꿨다. 현실을 벗어나고 싶었다.

그러던 중 2004년 여름 어느 날이었다. 친척이라며 집에 두 명의 손님이 찾아왔다. 처음 보는 친척이었다. 문을 닫아걸고 목소리 낮춰 비밀스럽게 아빠에게 자신들이 온 이유를 밝혔다. 엄마가 보낸 브로커들이었다. 순간 나는 희망을 봤다. 엄마가 한국에 먼저 정착했다는 것이며, 그 뒤 아들을 찾으러 브로커들을 보냈던 것이다. 브로커들은 엄마가 중국에 있다며 아들을 찾는다는 소식을 전했다. 한국에 있다는 사실을 일부러 아빠에게는 알리지 않았다. 혹시나 술 마시고 술김에 그 사실을 발설하면 아빠가 위험해진다는 걸 알았기 때문이다. 아빠와 나는 즉시 옷을 챙겨 입고 브로커들을 따라갔다. 브로커가 사는 안전 가옥으로 가서 친척 행세를 하며 두만강을 건너갈 타이밍을 기다렸다. 회령시는 중국과 국경을 마주한 도시다. 두만강이 비교적 깊지 않아 그곳으로 많은 사람이 탈북한다. 브로커는 우리를 데리고 두만강을 건너는 지점으로 갔다. 군인 두 명이 기다리고 있었다. 깜짝 놀랐다. 알고 보니 군인들에게 돈을 쥐여 주고 보호를 받는 것이었다. 나는 군인 아저씨 어깨에 매달려 두만강을 건넜다. 세상에, 돈만 있으면 이렇게 쉽게 건널 수 있다는 걸 그때 알았다.

두만강 건너편 중국 지역 한 안전 가옥에 무사히 도착했다. 아빠에게는 첫 탈북이었고 나는 두 번째였다. 중국집 식탁은 아빠를 충분히 놀래키고도 남았다. 다양하고 기름진 음식과 고량주에 아빠는 축제를 즐기듯 만끽했다. 처음 접하는 풍성한 음식이었다. 옥수수 풀떼기를 소화시키던 위가 갑자기 기름진 고기를 소화시킬 능력은 없었다. 아빠는 배탈이 나고 말았다. 나도 2년 만에 대하는 중국 음식에 눈이 뒤집혔다. 살아있음을 느꼈다는 표현이 가장 적절할 것이다. 이틀 정도를 그렇게 보냈다.

아빠는 엄마가 중국에서 중국 남자에게 시집 가서 사는 것으로 알고 있었다. 엄마가 아빠의 안전을 위해서 그렇게 말했던 것이다. 아빠는 국경을 건너는 내내 내게 말했다. 엄마가 같이 살자고 하면 아빠랑 살겠다고 말하라고. 아빠가 의지할 사람은 나밖에 없었기 때문이다. 나는 아빠 심정을 백 번이고 이해한다. 나는 그러겠다고 했다. 내가 할 수 있는 최선의 답이었다. 사실 나는 그곳을 벗어나고 싶었다. 한 번 중국 사회를 경험했기 때문이었다. 북한보다 스무 배는 행복한 곳이었다. 다시 북한이라는 곳에서 살고 싶지 않았다.

하지만 아빠가 마음에 걸렸다. 이때 엄마를 만나지는 못했다. 엄마와는 전화로 대화했다. 엄마는 아빠에게 아들을 데리고 다시 북한으로 들어가지 말라고 했다. 그 길로 바로 탈북하자고 했다. 하지만 아빠는 새빨간 공산당원이었다. 중국 음식을 그렇게 배불리 먹었어도 정신은 여전히 고지식한 당원이었다. 북에 있을 때도 술에 취하면 아빠는 김정일 장군님이 위대하다고 말하곤 했다. 아빠는 책 읽는 것을 좋아했지만 북한에는 김일성 회고록 같은 것 말고는 책이 별로 없었다. 아빠는 김일성 회고록을 빌려 와 몇 날 며칠을 심심할 때마다 읽고 노동신문을 금싸라기 훑어보듯 읽는 사람이었다. 그러니 오죽했을까. 엄마는 아빠를 설득하지 못했다. 나는 엄마에게 다시 북한으로 들어가서 살겠다고, 아빠 혼자 남겨둘 수 없다고 말했다. 엄마는 한국행 탈북 루트까지 준비했지만 아빠는 거기에 관심이 없었다. 엄마는 내게 따로 말했다. 중국돈 400원을 줄테니 잘 보관하고 있다가 다시 브로커를 찾아갈 때 쓰라고. 혼자 떠나라는 말이었다. 나는 그러겠다고 했다. 아빠는 브로커를 통해 엄마에게서 별도의 돈을 받고 나를 데리고 다시 북한으로 돌아왔다. 아빠가 엄마한테 받은 돈을 북한돈으로 환전하니 15만 원 가까이 됐다. 당시 옥수수 1킬로 가격이 80원 정도였으니 로또에 당첨된 것과 같은 큰 금액이었다. 고향으로 돌아가니 나를 대하는 계모의 태도가 달라졌다. 내 덕에 그런 일확천금을 만져 볼거라 생각도 못했을 테니 말이다. 아빠는 어깨가 으쓱해졌다. 자신감이 가득한 가장이었다. 나도 어깨가 으쓱해지고 자신감이 생겼다. 아빠는 새 자전거를 마련했고 우리는 새 옷을 샀다. 식탁에는 웃음꽃이 폈다. 하지만 밖으로는 티를 내면 안 됐다. 수상하게 여겨 신고하면 큰일 나기 때문이었다. 나는 따로 챙긴 중국돈 400원을 집 밖 벽 아래쪽에 땅을 파고 묻어 두었다.

내 고향의 풍경

내 고향 풍경은 단조롭다. 빈센트 반 고흐의 화폭에 그려질 듯한 곳이다. 집 뒷산 언덕에 올라 내려다 보면 움직임이 없다. 소달구지와 행인 몇 명이 듬성듬성 지나가는 곳이다. 가을엔 벼가 우수수 바람에 떨리고 옥수수 밭에는 가을걷이에 한창인 농부들과 학생들이 뭉게뭉게 앉아있다. 시간이 멈춘 듯 더디게 움직이는 곳이다. 시계가 필요 없었다. 해가 뜨면 일어났고 해가 지면 저녁 먹을 시간이었고 어두워서 보이지 않으면 잘 시간이었다. 밤에는 등잔불을 켰다. 그마저도 기름을 아끼려고 꺼버리고 옛말을 주고받다 잠들곤 했다. 밤하늘은 별들로 가득 찼다. 별똥별이 지나가는 것도 수시로 보인다. 그곳에도 웃음은 있었다. 나는 친구들과 강가로 고기잡이와 조개잡이를 하러 다녔다. 나는 끓여먹을 수 있는 냄비를 챙기고, 한 친구는 쌀 한 줌, 다른 친구는 기름과 고춧가루 조미료, 또 다른 친구는 감자 몇 알 등 각자 분담해서 자기 몫을 챙긴다. 다 같이 모이면 맛있는 어죽이 만들어졌다. 실컷 물놀이 하다가 조개도 구워먹고 다같이 숲에 풀을 베어 잠자리를 만들었다. 모기가 어찌나 많던지. 새벽에 일어나면 모두 얼굴과 손발이 모기에 가득 물려 퉁퉁 붓기도 했다. 하지만 우리에겐 즐거운 놀이였다. 가끔은 읍에 놀러갔다. 게임기가 있는 집으로 찾아가서 슈퍼마리오 같은 게임을 즐겼다. 1시간에 40원을 주고 놀기도 했다. 플라스틱 카드를 끼워서 실행하는 구식 게임기였다. 전기 사정이 좋지 않아 게임 도중 전기가 끊어지곤 했다. 친구들과 전기가 들어오길 기다리다 기어코 돈을 낸 만큼 즐기고 갔다. 삶은 팍팍했지만 그런 상황에서도 우리끼리 즐거움을 찾으려고 애썼다.

겨울에는 땔감을 구하러 매일같이 두세 시간 멀리 있는 산으로 들어갔다. 내 등에 멜 수 있는 장작은 기껏해야 30킬로 남짓한 통나무였다. 장작으로 패 봐야 기껏 이틀 정도 땔감이다. 어느 날부터인가 고향 하늘에 검은 솜뭉텅이들이 날아다녔다. 고무가 탄 재였다. 간헐적으로 폐타이어가 마을에 들어왔다. 집집마다 장작과 석탄 대신 폐타이어 조각을 땔감으로 사용했다. 굴뚝에선 새하얀 연기 대신 시커먼 고무 연기가 피어 올랐다. 고무 타는 냄새는 거의 독가

스 같았다. 연기는 시커멓고 재가 하늘에 둥둥 떠다니다 땅에 내려앉는다. 주변 풀잎이 시커멓게 뒤덮인다. 잘사는 나라에서 버려지는 폐타이어가 북한에 들어온 것이었다. 폐타이어는 나무와 석탄 대비 고효율의 땔감이었다. 물론 둥둥 떠다니는 검은 먼지의 연기와 고무 탄 내는 지독했다. 그럼에도 땔감을 구하는 게 쉽지 않으니 폐타이어를 썼다.

학교에서는 마른 수건을 쥐어짜듯 학생들을 괴롭혔다. 당의 교시에 따라 폐고철, 토끼가죽, 도토리, 못, 판자, 토끼풀 등 온통 내라는 것밖에 없었다. 집안 살림도 없는데 학교에서 제출하라는 할당량을 채우기에 바빴다. 자력갱생이라는 명목이었다. 철길은 기차가 다니지 않아 풀이 무성하게 자랐다. 철길 목침은 부식됐고 이내 땔감으로 사라졌다. 목침에 레일을 고정하는 핀과 철조각은 고철로 학교에 제출되기 일쑤였다. 나라가 엉망이었다. 인프라는 뿌리째 뽑혔다. 무엇이든 너도나도 먼저 발견하는 사람이 가져갔다. 기름이 없어 공장이 멈췄고 기계는 녹이 슬었다. 다급한 사람들은 설비 부품을 뜯어 시장에 팔아 옥수수와 맞바꾸었다. 김일성 교시 글귀가 적힌 비석에 박힌 목란꽃 구리 장식이 사라지고 전봇대에 늘어져 있던 구리 전화선이 사라지곤 했다. 구리를 팔아먹는 절도범들의 소행이었다. 보위부는 초등학생들까지 불러놓고서 구리 절도범 두 명에 대한 공개

처형을 집행했다. 여덟 살에 목격한 그 광경이 덤덤하기만
했다.

세 번째 탈북

아빠와 함께 다시 북으로 돌아온 이후로 나는 엄마와 약속
한 대로 혼자 떠나야겠다는 생각을 하긴 했지만 쉽게 떠날
용기가 나질 않았다. 아빠가 걱정이었다. 아빠는 나를 의지
하고 있었고 내게 가지 말라고 부탁했으니 내 마음이 무겁
기만 했다. 한 달쯤 지났을 무렵 다시 손님이 찾아왔다. 다
른 브로커였다. 불과 한 달밖에 안 지났는데 다시 브로커가
찾아와서 이상하긴 했지만 아빠와 나는 다시 따라나섰다.
이번에는 무산에서 두만강을 건넜다. 아빠는 또 내게 부탁
하듯 말했다. 엄마가 물으면 아빠와 살겠다고 하라고. 나는
그렇게 하겠다고 답했지만 내 마음은 여전히 갈등 중이었
다. 두만강을 건너서 이번에는 연길 시내까지 들어갔다. 브
로커 안전 가옥까지 무사히 도착했다. 사실 알고 보니 엄마
가 첫 번째 브로커에게서 소식이 없자 두 번째 브로커를 보

냈는데 첫 번째 브로커가 이제야 우리를 찾은 것이었다. 지난달 찾아왔던 브로커는 엄마가 보낸 두 번째 브로커였다. 어쨌든 그것도 우리에겐 운명이었다. 엄마는 즉시 한국에서 비행기를 타고 안전 가옥으로 찾아왔다. 2000년 6월 엄마와 손잡고 탈북한 이후 중국에서는 헤어져 살았으니 4년 만에 엄마를 만난 것이었다. 아빠도 4년 만에 엄마를 만났다. 두 분은 서로가 어색해했다. 엄마는 북으로 들어가지 말라고 재차 말했다. 엄마는 한국행 탈북루트까지 다 준비했던 터였다. 아빠가 결정만 하면 엄마는 한국으로 데려올 작정이었다. 하지만 아빠는 여전히 완강했다. 두만강을 건널 때 입고 온 북한 옷도 벗지 않았다. 새옷으로 갈아입으라고 준비해 뒀지만 아빠는 오히려 왜 그런 걸 입느냐며 거부했다. 그런 아빠에게 엄마는 '한국행'이라는 말을 차마 꺼내지 못했다. 아빠는 엄마가 말하는 것이 중국에서 함께 사는 의미로만 생각했던 것 같다. 북한에 돌아가 혹여 실수로 입밖에 한국이란 단어를 꺼내면 아빠만 큰 피해를 볼 것이기 때문이었다. 엄마는 아빠에게 실망했다. 세상 물정을 모른다고 질타하기도 했다.

그날 아빠는 술을 마시고 잠들었다. 엄마는 이것이 마지막 기회라고 생각했다. 내게 아빠를 두고 떠나자고 말했다. 나도 이것이 마지막 기회라는 걸 알았다. 떠나고 싶었다. 하지만 아빠를 뒤로할 수도 없었다. 아빠가 깨어 있으면 차마 못 떠날 것 같았다. 엄마는 이 방법밖에 없다며 내 손을 잡아끌었다. 아빠를 선택하든 엄마를 선택하든 결정을 해야만 했다. 너무나도 가혹한 선택이었다. 아빠를 선택하면 과거로 돌아가는 것이었고 엄마를 선택하면 미래로 나아가는 것이었다. 나는 떠나기로 결정했다. 미래를 선택하기로 했다. 아빠에게 편지를 썼다. 꼭 성공해서 반드시 아빠 찾으러 돌아오겠다고. 그리고 용서해 달라고.

나는 엄마 손을 꼭 잡고 택시 타고 그곳을 벗어났다. 엄마는 브로커에게 나를 맡겨 두고 다시 한국으로 떠났다. 엄마와 함께 한국으로 들어갈 수는 없기 때문이었다. 나는 남쪽 중국 내륙을 지나 국경을 넘어 베트남을 지나 돌아서 가는 루트로 한국에 들어가기로 되었다. 그렇게 나는 브로커의 안내 대로 한국행 탈북여정을 시작했다. 험난한 여정이 되리라는 걸 예상은 했지만 그토록 가혹할 줄은 상상도 못했다. 나는 그 여정 내내 깨어 일어났을 때 혼자만 남겨진 아빠의 기분이 어땠을까를 생각했다. 너무 큰 죄책감이 들었다. 그때마다 다짐했다. 성공해서 돌아오자고, 그러면 아빠도 용서해 주실 거라고.

그로부터 4년 뒤에 아빠 소식을 들었다. 그사이 아빠에게 크고 작은 일이 있었다고 한다. 아들이 사라져서 조사도 받고 검열이 있었다고 했다. 그리고 나와 동갑이었던 계모의 딸은 병이 나 죽었고 남동생은 군대에 갔다고 했다. 한국에서는 약만 먹으면 나을 병이었다. 아빠에게는 함께 살고 있던 계모와의 삶이 있으니 북한을 떠나는 게 쉽지 않았을 것이다. 그 후 다시는 더 소식을 얻지 못했다. 한국에 온 지 올해로 17년이 되어 간다. 나는 여전히 약속을 지키지 못했다. 앞으로 몇 년이 더 걸릴지 모르겠다. 내 두 발로 아빠를 찾아 북으로 들어갈 수 있는 날이 언제쯤 올 수 있을까.

중국 대륙 종단

한국행 여정은 연길에서부터 시작되었다. 다른 경로로 탈
북한 아저씨 한 명이 합류했다. 엄마가 그 아저씨의 브로커
비용도 대주기로 했다. 한국에 무사히 도착하면 받기로 하
고. 우리는 버스와 기차를 번갈아 타면서 남쪽으로 향했다.
몇 날 며칠이 걸렸다. 이동하는 동안 항상 마음을 졸여야
했다. 중국 공안들은 버스와 기차에서 신분증 검사를 하곤
했다. 버스를 타고 가다가 검사에 걸리면 끝장난다. 그래서
이 여정은 복불복이었다. 다행히 그런 불행을 피했다. 중국
대륙이 하도 넓어 한 번 버스를 타면 대여섯 시간씩 타야
한다. 무사히 베트남과 국경을 마주한 난닝시에 도착했다.
난닝시는 큰 도시다. 거기서 서너 시간 더 내려가면 작은
국경 마을들이 있다. 목적지에 도착했다고 알리는 버스 기
사의 안내와 함께 버스 문이 열렸다. 나도 기지개를 쭉 편

후 내렸다. 콘크리트 바닥에 발을 내려놓고 버스 밖의 공기를 들이마시는 순간 숨이 턱턱 막혔다. 습식 사우나 찜질방에 들어온 듯 후끈후끈한 열기가 내 몸을 덮쳤다. 태어나서 처음 접하는 열대지방의 기온이었다.

브로커들이 있는 안전 가옥으로 이동했다. 아저씨와 나 외에도 열 명이 더 있었다. 우리는 두 팀으로 나뉘어 움직였다. 하루 이틀 지났을까. 떠날 준비를 했다. 6명씩 두 팀으로 나누어 떠났다. 나는 2팀이었다. 1팀이 하루 먼저 떠났다. 1팀이 성공하면 2팀이 안심하고 떠날 수 있다. 소식을 기다렸다. 아침에 소식이 왔다. 1팀이 실패했다. 베트남까지 국경은 무사히 넘었으나 오토바이로 다음 접선 장소까지 가는 길에 검문소에서 걸렸다. 여섯 명 모두 붙잡혀 베트남 군인차량으로 이동 중에 탈출을 감행했다고 한다. 모두 뿔뿔이 흩어졌다. 당장 떠나야 하는 우리 팀에겐 불안 그 자체였다. 확률은 50대 50이다. 우리도 잡히거나 무사히 통과하거나. 우리 팀에게는 선택지도, 후퇴로도 없었다. 성공하든 실패하든 가야만 했다. 떠났다. 나는 발목 샌들을 신고 반바지와 반팔 티를 입었다. 짐은 작은 백팩 하나였다. 변방 지역에는 베트남으로 밀무역을 다니는 사람들이 많았다. 도보로 산등성이와 골짜기를 지나는 하이킹 루트다. 베트남 접선장소까지 서너 시간쯤 걸어야 했다. 우리도 그 루트를 따랐다. 왜 아무도 내게 복장에 대해서 말해 주지 않았을까. 샌들에 반바지와 반팔티를 입고 열대 우림을 하이킹하다니. 발이 아프고 팔과 다리에 나뭇가지가 스쳐 따가웠다. 하지만 극도로 긴장한 채 숨소리도 내지 않고 이동해야 했다.

쉬지도 않고 몇 시간 걸었을까. 도로변 접선장소에 도착했다. 오토바이가 대기하고 있었다. 나는 아저씨와 함께 오토바이를 탔다. 십여 분 달리자 앞에 검문소가 보였다. 검문소 차단봉은 내려져 있었다. 하지만 왼쪽 차단봉 끝엔 1미터 정도 보행자를 위한 통로가 있어 차단봉이 거기까지는 닿지 않았다. 오토바이 두 대가 재빠르게 지나갔다. 검문소 군인들이 황급히 뛰어왔다. 내가 탄 오토바이는 미처 지나지 못했다. 멈춰 섰다. 오토바이 운전자는 현지인이라서 보내졌다. 나와 아저씨는 붙잡히고 말았다. 군인들은 우리를 세워 놓고 베트남어로 뭐라고 말하는 것 같았다. 우리는 중국인이라고 우겼다. 밀입국 하는 사람들이 많아서 그렇게 속여야 했다. 베트남은 사회주의 나라다. 북한 대사관에 보내질 게 뻔했기 때문에 우리는 중국인 행세를 해야만 했다. 군인들이 잠깐 한눈판 사이 아저씨가 내게 '도망치자'고 신호를 줬다. 나는 무서워서 안 된다고 했다. 뛰어 봤자 바로 따라올 게 뻔했다.

군인들이 우리를 가뒀다. 아침이 되자 중국말을 할 수 있는 베트남 경찰이 취조하러 왔다. 어떻게 왔냐고. 우리는 부자지간이며 여행하고 싶었으나 돈이 없어 밀입국 루트로 왔다고 말했다. 아저씨는 중국에서 오래 살아서 중국말을 할 줄 알았다. 나도 2년을 살았던 터라 의사소통은 할 수 있었다. 그 군인은 믿을 수 없다며 중국인이 맞는지 재차 다그쳐 물었다. 어색한 중국말을 하니 못 미더웠을 것이다. 내게 말을 시키기도 했고 한자로 이름을 써보라고도 했다. 내 이름 석자는 한자로 눈 감고도 쓸 수 있었다. 북한에서 왔다고 말하면 북한 대사관에 보낼 테고 중국사람이라고 말하면 중국 공안에 보낼 거라 생각했다. 둘 다 최악이지만 그래도 북한 대사관만은 피하는 게 최선이었다. 우리는 무조건 우겼다. 돈 없는 불쌍한 중국사람이라고. 이런 일이 종종 있었는지 베트남 군인도 취조를 포기한 듯싶었다. 우리를 국경경비대 공안에 인계해 주겠다고 했다. 우리는 안도했다. 북한 대사관은 피했으니까. 하지만 그것도 순간뿐이었다. 중국 공안들은 우리가 중국사람이 아닌 걸 금방 알게 뻔했다. 베트남 군인 세 명이 우리를 데리고 국경 공안 초소를 향해 나섰다. 산길이었다. 200미터쯤 앞에 공안 초소가 보였다. 나는 오만 가지 생각이 스쳐지나갔다. 1차 탈북 후 공안에 잡혀 중국 감옥에서 보냈던 38일이 생각났다. 끔찍했다. 베트남 군인들은 자기들끼리 무어라 중얼중얼거리며 우리를 앞세우고 뒤에서 따라 걸었다. 100미터쯤 앞에 공안 초소가 보였다. 군인들은 여전히 자기들끼리 중얼거렸다. 우리를 멈춰 세웠다. 총을 든 군인 셋이 자기들끼리 무슨 의견을 나누는 듯싶었다. 100미터 앞에 보이는 공안 초소를 손으로 가리키며 뭐라고 말을 했다. 우리는 알아들을 수 없었다. 군인들이 다시 손짓하더니 총으로 우리 등을 떠밀며 앞으로 걸어가라고 했다. 우리끼리 초소까지 가라는 말이었다. 코앞에 중국 공안들이 보이기 때문이었다. 자기들은 굳이 중국 군인들과 마주치고 싶지 않은 것 같았다. 아저씨와 나는 손잡고 앞으로 걸었다. 아주 천천히 걸었다. 코앞에 공안초소가 보였기에 병아리 걸음을 하듯 아주 천천히 걸었다. 공안 초소와 가까워지고 싶지 않았기 때문이다. 20미터쯤 걸었을까. 뒤돌아보니 군인들이 자기들끼리 중얼중얼하더니 뒤돌아 걸어갔다. 아, 그 순간 만감이 교차했다. 탈출 기회가 생긴 것이다. 아저씨와 나는 숨을 죽인 채 다시 뒤를 돌아보지 않고 앞으로 걸어가는 척했다. 지금이야! 아저씨와 나는 있는 힘을 다해 산자락 정글로 몸을 던졌다. 호랑이에 쫓기듯 도망쳤다.

울창한 밀림이었다. 온몸에 나뭇가지가 쓸리고 진흙 같은 땅에 발이 푹푹 빠졌지만 아프지 않았다. 온 정신과 모든 감각을 동원에 최대한 멀리 도망치는 것만 생각했다. 몇 시

간이고 밀림을 헤맸다. 날이 어두워졌다. 공안도 피했다. 그
제야 살았다는 안도의 한숨을 내쉬었다.

베트남 정글에서

정글을 헤매느라 탈진했다. 목이 말랐지만 물이 없었다. 나는 지쳐버렸다. 바닥에 드러누워 아저씨에게 날 두고 먼저 가라고 말했다. 아저씨는 내게 조금만 더 버티라고 했지만 나는 포기했다. 다리가 떨려 더 이상 걸을 수가 없었다. 아저씨는 마을로 내려가 물을 구해 오겠다고 했다. 하지만 우린 둘 다 그건 불가능하다는 걸 알았다. 나는 겨우 다시 일어났다. 물을 찾아 골짜기를 헤맸다. 손에 잡히는 과일처럼 생긴 열매를 따서 입에 넣었다. 떫고 쓰거웠다. 날이 점점 컴컴해졌다. 곧 아무것도 보이지 않게 됐다. 그런데 발바닥이 축축한 느낌이 들었다. 물을 찾았다! 군데군데 고여 있는 듯했다. 나는 손을 더듬으면서 물을 마셨다. 물이 그렇게 달콤한지 처음 알았다. 그렇게 기력을 회복했다. 아저씨와 나는 고민했다. 어떻게 할지. 선택지가 딱히 없었다. 베트남 정글 어딘가에서 브로커도 없이 단 둘이서 움직이는 건 불가능했다. 떠나왔던 길을 찾아 다시 중국으로 돌아가기로 했다. 가서 다시 방법을 찾기로 했다.

우리는 전날 밤 넘어왔던 길을 기억해 내려고 애썼다. 왔던 길로 그대로 돌아가는 방법밖엔 없었다. 불빛을 찾아 우리가 잡혔던 검문소 근처까지 갔다. 그곳에서 잡혔으니 그곳에서부터 시작하면 왔던 길을 기억해 낼 수 있으리라 생각했다. 차도로를 멀리 벗어나지 않으면서 숲에서 이동했다. 신기하게도 왔던 길을 잘 기억해 냈다. 기억을 더듬어 서너 시간 산과 골짜기를 걸었다. 드디어 저멀리 500미터쯤 거리에서 불빛이 보였다. 중국 국경경비대 초소일 거라 생각했다. 불빛이 손에 닿을 만큼의 짧은 거리였는데 길을 잃어 한 시간이 넘도록 헤맸다. 결국 공안 초소 50미터 근처까지 도착했다. 군인들의 목소리가 뚜렷하게 들렸다. 무사히 중국땅까지는 도착했다는 사실에 안도했다. 마을을 찾아야 했다. 불빛이 많은 곳을 찾아 다시 숲을 헤쳐 마을로 내려갔다. 베트남으로 떠나기 전 마지막으로 머물렀던 브로커 안전 가옥의 문을 두드렸다. 브로커가 깜짝 놀라 문을 열어 줬다. 그 시간에 우리가 나타날 거라고는 상상도 못했을 것이다. 날 밝기 전에 무사히 도착했다. 숨통이 트였다. 지금 생각해 봐도 놀랍다. 10분 거리도 아니고 서너 시간 산속을 헤매며 갔던 길을 어떻게 기억해 냈을까. 살아야만 한다는 극도의 상황에 처하면 초인적인 힘과 정신이 모아지는 것인지, 달리 설명할 방법이 없다.

날이 밝은 뒤 한국에 있는 엄마에게 전화했다. 베트남에서 붙잡혔다가 구사일생으로 탈출하여 다시 중국에 들어왔다고 말했다. 엄마에게는 기절초풍할 일이었다. 나는 며칠 여관에서 지냈다. 나는 적당한 휴대폰 하나와 여분의 배터리를 샀다. 엄마와 전화로 소통하며 다시 떠날 계획을 세웠다. 베트남으로 건너간 뒤 엄마와 소통하기 위해서는 휴대폰이 필요했다. 엄마가 베트남에 오기로 했다. 나는 브로커와 함께 다시 며칠 전 건너갔던 루트로 건넜다. 무사히 베트남 동강(뚜옌강)이라는 마을 근처까지 갔다. 브로커가 여기서부터는 우리 둘이 가야 한다고 했다. 우리는 도로 옆으로 숨어서 움직였다. 자동차 도로는 그 길 하나뿐이었다. 나는 전화기를 켜서 엄마에게 전화를 걸었다. 변방 시골 지역이라 신호가 매우 안좋았다. 통화가 끊어지기를 반복했다. 나는 내가 있는 위치가 동강마을 근처라는 것만 알았다. 엄마는 하노이에서 차를 타고 나를 찾으러 동강으로 왔다. 하지만 동강에 있다는 것 말고는 엄마나 나나 정확히 위치를 알길이 없었다. 나도 엄마가 어디에서 나타날지 알 수가 없었다. 서로 찾는 일만 남았다. 아저씨와 나는 마을 근처까지 갔다가 후퇴하기를 반복했다. 마을 안으로 들어갈 수는 없었다. 입구에 검문소가 있었다. 밀수업자들을 단속하는 검문소인데 우리가 잡혔던 바로 그 검문소였다. 두세 시간을 헤맸다. 간헐적으로 지나가는 자동차 불빛이 보이면 숨기를 반복했다. 그 시간에 도로에 걷는 사람은 밀수업자들뿐이었으니 지나가는 차량이 신고하면 붙잡힐 게 뻔했다. 다시 전화기 전원을 켜고 엄마에게 전화를 시도했다. 엄마도 나를 찾아 헤매고 있었다. 서로 동강 마을이라는 것밖에 모르니 발만 동동거릴 수밖에 없었다. 나는 계속 마을 근처까지 수백 미터를 갔다왔다 숨었다 걷기를 반복했다. 지칠 대로 지쳤다. 마을로 들어가는 길은 그 길 하나뿐이었는데 검문소가 지키고 서 있었고 틈이 없었다. 검문소 100터 멀리에 떨어져 어슬렁거리다 숨기를 반복했다. 자동차 불빛이 보이면 재빠르게 숨었다. 엄마는 보이지 않았다.

아저씨와 나는 숨는 것도 포기했다. 더 이상 방법이 없었다. 깜깜한 밤 그 도로를 걷는 사람은 우리 둘뿐이었다. 나는 검문소를 향해 일단 다시 걷기로 했다. 앞에서 다시 자동차 불빛이 보였다. 아저씨와 나는 지나가든 말든 그냥 숨지 않기로 했다. 뒤돌아보지 않고 걸었다. 100미터쯤 앞에 검문소가 보였다. SUV차량 한 대가 우리 옆을 쑥 지나갔다. 심장이 콩알만 해졌고 가슴이 쿵쾅거렸다. 그냥 지나가는 행인인 척 연기하는 것이 우리가 할 수 있는 유일한 위장술이었다. 자동차가 우리를 못 보고 지나가길 바랐다. 차량이 슝하고 지나갔다. 긴장을 놓지 않은 채 안도의 한숨을 내쉬었다. 그런데 50미터쯤 뒤에서 자동차 타이어가 아스팔트 도로 바닥을 비비는 소리가 들렸다. 차가 멈추는 소리였다. "야, 뒤돌아 보지 마." 아저씨가 내게 속삭이듯 말했다. 나는 아저씨와 손을 꼭 잡고 전혀 당황한 척하지 않으면서 현지인인 마냥 허리를 곧게 펴고 걸었다. 우리를 부르지 않기를 바랐다. 인기척이 들렸다.

"경일아!"

아, 세상에, 엄마 목소리였다. 다리에 힘이 쫙 풀렸다. 엄마 목소리는 물에 솜사탕이 녹듯 긴장한 나를 녹였다. 엄마를 만났다. 베트남 변방 시골 도로 한복판에서 엄마를 만났다. 우리는 차에 타서 이동했다. 앞에 검문소가 보였다. 나와 아저씨는 허리를 바짝 숙인 채 쭈그리고 앉았다. 군인이 차량을 잠깐 멈춰 세우더니 한마디 걸고는 그냥 보내줬다. 드디어 검문소를 통과한 것이다. 엄마가 조금 전에 지나온 검문소였다. 앞에 검문소 하나가 더 있었다. 그곳도 무사히 통과했다. 엄마가 탄 차량이 그 검문소를 밤새도록 갔다왔다를 반복해서 군인들이 그냥 보내준 것이었다. 엄마도 나를 찾아 수없이 왔다갔다했던 것이었다. 조금만 더 올라가 보자, 50미터만 더 가보자 하다가 나를 만난 것이었다. 다시는 이런 운명의 장난 같은 걸 하고 싶지 않다. 우리는 하노이로 향했다.

하노이 호텔에 도착했다. 헤어졌던 2팀 멤버들이 와 있었다. 다들 어떻게 잘 살아 돌아왔다. 엄마는 우리의 다음 목적지인 캄보디아로 떠날 수 있도록 브로커를 연결해 주고 한국으로 떠났다. 우리는 여섯 명이었다. 하노이에서 기차 타고 호치민시티까지 내려가서 캄보디아로 건너가는 여정이었다. 하노이 기차역으로 이동했다. 브로커는 한인이었다. 우리에게 튀는 행동을 하지 말라고 신신당부했다. 우리는 여행자처럼 자연스럽게 10미터 간격으로 떨어져서 걸으며 승차 구역으로 이동했다. 사람이 많이 모이면 꼭 튀는 행동을 하는 사람이 있는 건 어쩔 수 없는 것일까. 우리 중 남자 한 명이 굳이 손수건으로 입을 가리고 걸었다. 주변에 경찰들이 있었다. 경찰들이 그 남자를 불러 세웠다. 다시 올 것이 왔다. 우리는 모르는 척한 채 재빨리 승차 구역에서 도망쳤다. 결국 기차를 타지 못했다. 모두 뿔뿔이 흩어졌고 다시 아저씨와 나는 둘이 남았다. 하노이 시내 한복판에서 다시 미아가 됐다. 방법이 떠오르지 않았다. 우리는 전화기를 빌려 브로커에게 전화를 했다. 다시 가서 브로커를 만

나는 방법밖에 없었다. 브로커가 어디로 오라며 장소의 이름을 영어로 불러줬다. 아저씨는 영어 단어를 몰랐다. 나도 영어를 할 줄 몰랐지만 다행히 알파벳 26자는 알고 있었다. 나는 브로커에게서 한 글자씩 받아 적었다. 택시를 잡았다. 기사에게 영어로 적힌 메모장을 줬다. 다시 브로커를 만났다. 뿔뿔이 흩어졌던 사람들도 어떻게든 재차 모였다. 기차를 타고 베트남을 종단해서 호치민시티에 도착했다. 캄보디아까지는 작은 배를 타고 건넜다. 메콩강을 건넜다. 한강처럼 깊고 넓은 데다 악어도 살고 있어 브로커는 물에 손도 담그지 말라고 당부했다. 새벽녘쯤 캄보디아에 도착했다. 현지 브로커가 기다리고 있었다. 우리는 프놈펜에 있는 이 브로커의 안전 가옥으로 이동했다. 앞에서 이야기한 그 한국인 브로커였다. 며칠을 머물며 호숫가에서 보트도 타며 유적지도 구경했다. 그때까지는 몰랐다. 그가 나를 지옥 같은 곳으로 몰아넣을 사람이라는 것을.

캄보디아 감옥에서 18일

캄보디아 한인 브로커가 우리 일행을 북한 대사관에 넘겨 버렸다. 돈 때문에 사람 생명 가지고 장난을 친 것이었다. 우리는 캄보디아 외국인 감옥에 수감되고 말았다. 이 얘기는 앞에서 했다.

"3일 뒤 고향으로 갑시다."

북한 대사관 직원들이 말했다. 맛있는 고기와 음식도 가져다 주었다. 타국이었으니 최대한 친절을 베푸는 모습을 보여주고 싶었던 것일까. 외교적인 말로만 들렸다. 하지만 가장 공포스러운 말이었다. 나는 하얗게 질려 있었다. 몇 년전 중국 공안 경찰들에게 잡혔을 때보다 몇 배 이상의 공포였다. 3일 뒤부터는 북한수용소에 있게 될 게 뻔했다. 한국행을 꾀하다가 잡히면 무조건 정치범 수용소로 보내진다. 중대 범죄로 분류되기 때문이다. 북한 당국은 단순히 생계형 탈북으로 중국에서 살다가 붙잡힌 사람들을 대개 수용소보다는 단련대 같은 단기 감옥으로 보내서 정신교육을 시키고 강제노동으로 단련시킨다. 하지만 나처럼 한국행으로 떠난 사람들은 빼도 박도 못한다. 우리 일행은 모두 공포에 질려 있었다. 그 상황 자체를 받아들일 수 없었다. 모두 한국인 브로커를 원망했다. 그 브로커는 인간의 탈을 쓴 늑대라 생각했다. 아니 그 보다 더 악한 사람이 과연 있을까 싶을 만큼 저주했다. 우리 일행은 모두 절망에 빠진 채 조사를 마치고 외국인 감옥으로 보내졌다. 내게 남은 시간은 사흘뿐이었다. 그 이후의 시간들은 살아있으나 죽었으나 별 차이 없는 지옥이다. 나는 바지 허리 고무줄 사이 주머니에 비닐로 꼭꼭 싸서 숨겨 왔던 인민폐를 꺼냈다. 어슬렁어슬렁 왔다갔다하면서 감옥을 지키는 간수에게 부탁을 했다. 국제전화 한 통화만 하게 해 달라고. 처음에는 안 된다고 거부했다. 하지만 나는 숨겨 둔 돈 몇백 원을 주겠다고 한 통화만 하게 해 달라고 했다. 전화 한 통화에 그 정도 돈이면 꽤 남는 장사다. 간수는 주변을 두리번두리번하더니 자기 핸드폰을 슬쩍 내 손에 쥐여 주었다. 그곳에서 내가 할 수 있는 유일한 방법이었다. 나는 엄마에게 전화를 걸었다. 뚜두두두 뚜두두두. 연결음이 몇 번 들렸다. 전화받기를 바라는 단 몇 초의 간절함은 갈증으로 다 죽어가는 자가 오아시스를 찾는 기분이었다. 제발 받으세요. 제발 받으세요.

"여보세요?"

엄마가 전화를 받았다. 국제전화번호가 찍혔으니 엄마도 일반 통화는 아닐 거라 생각했을 것이다. 하지만 설마 캄보디아 감옥에서 전화를 걸어올 아들 목소리는 생각하지는 못했을 것이다. "엄마!" 엄마는 내 목소리에 놀라서 톤이 높아졌다. 한국인 브로커가 나를 북한 대사관에 넘겨버려서 외국인 감옥에 잡혀 있다고 말했다. 엄마는 오열했다. 엄마라고 무슨 방도가 바로 떠오르지는 않았을 것이다. 나도 엄마에게 내 상황을 알려주는 것 외엔 방도가 없었다. 내가할 수 있는 일은 거기까지였다. 몇 분간의 통화를 마쳤다. 간수가 빨리 끊으라고 재촉하는 바람에 서둘러 끊었다.

캄보디아 날씨는 특이했다. 아침부터 오전까지는 비가 내리고 오후에는 맑게 개였다. 보통 8월 말이면 여름 끝자락이었는데 그곳은 열대 기후로 여전히 여름 날씨였다. 감옥에서 맞는 아침은 공포였다. 추적추적 내리는 빗소리는 누군가 걸어오는 발걸음 소리같이 들렸다. 대사관 사람들이 우리를 데리러 오는 소리처럼 들렸다. 아침은 항상 공포 그 자체였다. 다가올 끔찍함이 두려웠다. 식사 시간에 찾아오는 밥 주는 사람들 외에는 아무도 찾아오지 않는 것이 좋았다. 하루가 지나고 저녁이 되면 안도의 한숨을 내쉬었다. 하루 일과가 지났으니 사람들이 오늘은 오지 않겠구나 생각했다. 그래서 저녁은 항상 안도했고 아침이 돌아오면 다시 공포가 찾아왔다. 그렇게 사흘째 되는 날이었다. 사흘 뒤 데리러 온다고 했으니 나는 마음의 준비를 했다. 사실 준비라 할 것도 없었다. 메고 온 가방 하나 챙겨서 나가면 그뿐이었다. 그런데 그날도 오지 않았다. 끼니 때마다 밥을 주러 오는 사람들뿐이었다. 내일 오려는 것일까. 오지 않아서 다행이라 느꼈지만 기다리는 내내 절망이었다. 북한에 되돌아가느니 차라리 캄보디아 감옥에서 그대로 죽 살고 싶었다. 아침부터 저녁까지 우리가 갇혀 있는 창살 앞을 지나는 사람들은 모두 북한 대사관 사람들일까 봐 겁이 났다. 우리 옆 방에는 중국인들이 있었고 오른쪽 방에는 흑인이 있었다. 우리는 서로 다른 사연으로 갇혀 있었다.

밤이 지나고 다시 아침이 왔다. 나흘째 되는 날이었다. 그날도 대사관 사람들이 안 보였다. 그렇게 18일이 지났다. 어김없이 그날도 새벽부터 비가 추적추적 내렸다. 아침 7시쯤 됐을 것이다. 분명 빗소리가 아닌 발걸음 소리였다. 지금까지 이 시간에 그런 소리가 나지 않았다. 역시 사람들이었다. 간수와 현지인 두 명, 그리고 왠지 우리와 비슷한 외모의 남자가 우리 방 창살 앞에 멈추어 섰다. 유리 없는 전면 통창살이어서 그냥 뚫려 있다. 간수(교도관)가 주섬주섬 열쇠를 꺼내더니 감옥 문을 열었다. 우리는 직감했다. 올 것이 왔다고. 그 시간은 원래 자고 있을 시간이었지만 나도 부시시 일어나 있었다. 간수는 문을 열더니 우리더러 짐싸고 나오라고 손짓했다. 나는 너무 무서웠다. 북한으로 돌아가고 싶지 않았다. 예전에 중국에서 잡혀 북송된 다음에 온성 보위부 감옥에서 사흘 동안의 일이 생각났다. 도축장에 갇혀 있는 돼지도 그보다는 나았을 것이다. 그냥 캄보디아 감옥이 좋았다. 부실부실 바람 불면 날아갈 것 같은 안남미 밥에 반찬이라고는 돼지고기를 간장에 졸인 듯한 짭짤한 덩어리 몇 개뿐이었지만 나는 그걸로도 행복할 것 같았다. 최대한 느릿느릿 짐을 쌌다. 빨리 서둘러 봤자 고통에 더 가까이 갈 뿐이었다. 우리 일행 모두 나와 비슷한 생각을 했는지 느릿느릿 체념한 채 말없이 주섬주섬 짐을 챙겼다. 복도를 지나 1층 밖으로 나갔다. 역시 검은 양복 몇 명이 대기하고 있었다.

검은 양복들

검은 양복들은 우리를 벽에 나란히 세우더니 카메라로 사진을 찍었다. 비가 추적추적 내리던 터라 빨리 찍고서는 이동했다. 봉고차 한 대가 대기하고 있었다. 차량에 타라는 목소리가 들렸다. 오랜만에 조선말이 들렸다. 그런데 좀 어색한 조선말이었다. 차량에 타서 보니 봉고차 운전자는 한국 사람이었다. 도대체 영문을 알 수 없었다. 양복 입은 사람들은 사라지고 그저 편한 복장을 한 아저씨만 운전석에 앉았다. 차량이 뒤에 더 있었나 보다. 그 아저씨가 분명 뭐라고 했는데 기억나지 않는다. 분명한 건 한국 사람이라는 사실이었다. 북한 대사관 사람들은 어데 가고 어떻게 한국 사람들이 나타난 것인지 알 수 없었다. 그때 나는 직감했다. 첫날 감옥에서 간수 전화기를 빌려 엄마에게 전화했던 생각이 났다. 분명 엄마가 보낸 사람들이라고 생각했다. 그런데,

검은 양복들은 대한민국 국정원(또는 외교부) 사람들이었다.

우리는 봉고차를 타고 30분 가량 이동해서 도착했다. 그 아저씨 혼자 우리를 안내했다. 북한 대사관 사람들이었으면 여러 명이 우르르 몰려와 우리가 도망치지 못하도록 했을 것이다. 하지만 한국 사람은 달랐다. 한 명이 혼자서 우리를 안내했고 걸음걸이에는 여유가 있었다. 호텔 같은 방으로 데리고 들어갔다. 30평 정도 되는 넓은 방이었다. 나이 오십이 조금 넘어 보이는 그 한국인 아저씨는 다짜고짜 우리더러 짐을 가운데로 모으라고 했다. 그리고 옷을 다 벗으라고 했다. 북한티 팍팍나는 정글을 헤매던 옷이었으니 후줄근했을 것이다. 그러더니 귀한 물건을 빼고는 가져온 짐과 입었던 옷을 전부 버리라고 했다. 나는 버리기 아까워서 주춤거렸다. 내가 정글을 헤매면서도 버리지 않았던 가방이니 아까웠다. 한국인 아저씨는 그것보다 더 좋은 걸 줄테니 버리라고 했다. 그러고는 나보고 어떤 옷을 입겠냐고 물었다. 밖에 나가서 우리가 입을 옷을 사오려는 것이었다. 나는 딱히 생각이 나질 않아 그냥 운동화와 청바지와 청자켓을 사달라고 했다. 아저씨가 부탁한 옷을 사왔다. 갈아입었는데 참 마음에 들었다. 옷을 다 갈아입고 다시 봉고차를 타고 나왔다. 도착한 곳은 프놈펜 공항이었다. 다른 아저씨 두 명이 우리를 기다리고 있었다. 우리 인원수만큼 손바닥 만한 녹색 핸드북 같은 걸 들고 있었다. 우리들에게 주는 임시 여권이었다. 우리는 안내 대로 비행기에 올라탔다. 태어나 처음 타보는 비행기였다. 아저씨 두 명도 함께 탔다. 도착지가 한국이라는 걸 알았다. 그렇게 나는 대한민국 인천공항에 들어올 수 있었다.

나중에 한국에 와서 엄마에게 들었다. 캄보디아 감옥에서 걸려온 내 전화를 받고 엄마는 즉시 외교부와 국정원에 전화를 걸어 도움을 요청했다는 것이다. 그리고 그 18일 동안 국정원은 우리에게 줄 임시 여권을 준비하고서는 우리를 구출할 방안을 찾았던 것이다. 그런데 3일 뒤 데리러 오겠다고 했던 북한 대사관 사람들은 어째서 오지 않았을까. 국정원에서 미리 작업을 해둔 것일까. 내가 모르는 첩보 싸움이 있었던 것일까. 아직도 궁금하다.

탈북 브로커

브로커의 도움 없이 탈북민이 한국에 오기는 쉽지 않다. 휴
전선을 넘어 귀순하거나, 목선을 타고 서해나 동해로 표류
해서 한국에 도착한 뒤 귀순하는 사람들이 있으나 굉장히
소수다. 영국이나 유럽에서 공부하던 북한 유학생들이 탈
북하는 경우에는 외국 대사관 같은 공관에 망명을 신청하
기도 한다. 태영호 공사가 이런 경우다. 중국이나 제3국에
서 탈출을 시도하는 탈북민들은 현지 한국 대사관이나 독
일 대사관 같은 외국 대사관 담장을 넘은 뒤 북한에서 왔다
고 망명을 신청하는 방법이 있다. 경비가 삼엄한 대사관 담
장을 넘는 일은 매우 어렵다. 외국인 학교 담장을 넘어 들
어가는 방법도 있다. 외국인 학교는 치외법권으로 보호를
받기에 가능하다. 어머니가 이런 방법으로 한국에 왔다. 어
머니는 베이징에서 말레이시아 대사관에 들어가서 도움을

요청했으나 쫓겨났다. 말레이시아는 도움을 주는 나라가 아니었다. 엄마는 다시 독일국제학교 담장을 넘은 뒤 도움을 요청했고 독일 대사관과 한국 대사관의 도움을 받아 무사히 한국으로 왔다.

대부분의 탈북민은 중국과 베트남을 지나 캄보디아, 태국, 라오스 같은 나라를 통해 한국으로 온다. 또는 중국에서 북쪽 내몽골 지역을 거쳐 몽골 국경을 넘은 뒤 사막을 지나 몽골 군인들에게 발각된 다음 한국행 망명을 요청하는 방법이 있다. 2008년 차인표가 주연으로 나오는 영화 〈크로싱〉이 몽골을 지나온 탈북민 실화를 바탕으로 만든 영화다. 이런 과정마다 브로커의 도움이 필요하다. 브로커를 통해 태국과 라오스까지 안전하게 도착한 뒤 현지 경찰을 찾아가 북에서 왔다고 말한 뒤 한국행 망명을 신청하는 것이다. 태국, 라오스, 몽골은 나름 민주주의 국가여서 북한보다는 한국과 관계가 더 깊다. 그래서 현지 경찰이나 군인들은 탈북민을 한국 대사관에 연결시켜 준다. 나도 베트남을 지나 캄보디아에서 한국 대사관에 망명을 신청한 뒤 한국으로 오는 방법을 따를 계획이었다. 하지만 이런 탈북 루트는 어디까지나 '목적지까지' 무사히 도착해야만 가능한 방법이다. 중간에 붙잡히면 북한으로 북송된다. 길을 잃으면 열대 우림 정글이나 고비 사막을 헤매다 죽어갈 수 밖에 없다. 물론 나처럼 극적으로 구조될 수도 있지만⋯

탈북을 안내하는 브로커는 이미 한국에 와서 정착한 탈북
민, 한국인, 각 나라의 현지인들이 연결되어 있다. 각 지역
으로 이동할 때마다 현지 브로커에게 인계되어 다음 장소
로 이동한다. 이처럼 탈북 브로커가 있으므로 탈북민들이
무사히 한국에 올 수 있다. 물론 공짜는 없다. 모아둔 돈이
있는 사람들은 선불로, 돈이 없는 사람들은 한국에 무사히
도착하면 정부에서 받는 정착금을 브로커에게 주기로 약
속한다. 한국에 잘 도착해서 '하나원'을 퇴소하면 임대 아
파트와 정착금이 나온다. 그 정착금을 말하는 것이다. 하지
만 그 돈을 전부 브로커에게 주면 당장 살아갈 길이 막막해
지니 약속을 지키지 않는 일도 생긴다. 나와 함께 왔던 아
저씨도 그런 경우다. 엄마가 그 아저씨 브로커 비용을 전부
대신 내줬지만 아직까지도 그 사람은 단돈 1원도 갚지 않았
다. 연락도 없다. 오히려 캄보디아 한인 브로커에게 1만 불
을 어째서 더 주지 않았냐며 그 때문에 북송될 뻔 했다면
서 큰소리를 쳤다.

도움을 주는 또 다른 사람들이 있다. 선교사들이다. 북한에
서 넘어온 사람들이 돈을 갖고 있을 리 없다. 교회의 선교
사들은 다양한 루트로 가난한 탈북민들을 구출한다. 많은

탈북민이 교회의 도움으로 무사히 한국에 오는 것이다. 그래서 탈북민들은 한국에 오기 전까지 교회에 대한 좋은 인상을 갖는다.

빨간 십자가를 찾아라

2000년 6월 열두 살 첫 번째 탈북 때의 일이다. 나는 엄마 손을 잡고 두만강을 건너기 위해 중국 국경 지역으로 이동했다. 엄마가 가는 내내 내게 절대로 까먹으면 안 된다고 세뇌시키듯 외우게 한 것이 있었다. 십자가였다. 나는 그런 단어를 처음 들었다. 엄마는 수학 연산기호 중 더하기(+)와 비슷하게 생긴 빨간 불빛이 지붕 위에 보일 것이라 했다. 그걸 '십자가'라고 부르는데, 만약 두만강을 건넌 뒤 중국에서 혹시 엄마와 헤어지게 되면 무조건 빨간 십자가만 찾아가라고 말했다. 그리고 전화번호 하나를 외우게 했다. 중국에서 도움을 줄 수 있는 사람의 전화번호였다. 지붕 위에 십자가가 있는 건물을 '교회'라고 불렀고 그곳 문을 두드리면 꼭 도와줄 거라고 했다. 교회도 처음 듣는 단어였다. 무조건 외웠다. 엄마는 가는 내내 다음날에도 또 그다음 날에도 마치 시험치르듯 외웠는지 질문했다. 나는 외운 대로 줄줄 대답했다.

"헤어지면 빨간 십자가만 찾아간다."

이것이 내가 처음 접한 십자가와 교회에 대한 인상이었다. 도움을 주는 곳을 뜻했다. 엄마와 나는 무사히 두만강을 건넜고 마을에서 십자가를 찾았다. 그리고 그곳 안으로 들어가서 도움을 받았다. 부부가 살고 있는 작은 가정교회였다.

입고 온 옷을 모두 벗어서 새옷으로 갈아입었다. 우리가 입었던 옷은 교회 사람들이 다시 두만강에 내다 버렸다. 그들이 준 옷의 질감이 얼마나 좋던지 북한에서 입던 옷과는 차원이 달랐다. 따듯한 물로 목욕했다. 교회 부부는 우리에게 밥상을 차려 줬다. 내가 평생 보지 못한 밥상이었다. 얼마나 맛있던지 허겁지겁 먹었다. 숨도 안 쉬고 먹었다. 늘 허기진 배 안으로 갑자기 기름진 음식이 들어가니 곧 위가 고통스러워졌다. 이처럼 교회는 내게 따뜻한 옷과 밥을 주는 곳이었다. 기독교에서 십자가는 구원을 상징한다. 내게 숨을 거처와 옷과 밥을 줬으니 십자가는 구원이 분명했다. 며칠 후 우리는 그곳을 벗어나 중국 연변 지역에 있는 한 교회를 찾아갔다. 엄마가 전에 도움을 받았던 교회였다. 다시 찾아가서 도움을 요청했다. 먹거리와 여분의 차비를 도움받았다. 연길에는 큰 교회가 하나 있다. 그곳에서도 도움을 받았다. 중국사회에서 우리가 도움을 받을 수 있는 곳은 교회뿐이었다. 이후 나는 엄마와 헤어져서 교회와 선교사의 도움으로 여러 탈북 어린이들과 함께 그룹 홈에서 살았다. 엄마는 돈을 벌어야 했기에 따로 살았다. 나는 교회의 도움으로 중국에서 2년을 살았다.

북한에서는 선교사에 대한 나쁜 인식이 있었다. 교과서에 실려 있어 학생들이 어릴 때부터 그렇게 배운다. 담장 너머에 떨어진 과일을 한 아이가 주워서 먹었다, 그런데 미국인 선교사가 그 아이를 도둑으로 몰았다, 그러고는 이마에 청강수(염산)으로 '도덕(도적)'이라고 낙인을 찍었다. 북한에서는 모든 학생들이 다 아는 내용이다. 그 유명한 '허시모 사건'[2]이다. 북한은 이를 교과서에 실어 여전히 반미, 반종교 교육을 강화하고 있다. 그래서 나도 중국에 가기 전까지는 당연히 선교사가 나쁜 사람들인 줄만 알았다.

---

2. 1925년에 조선에 들어온 헤이스머(Haysmer, 조선 이름 허시모)는 평안남도에 있는 안식교에서 운영하는 한 병원의 원장이었다. 자신이 소유한 과수원에 조선 아이가 무단 침입해서 사과를 훔쳐 먹자 허시모가 아이를 붙잡아 이마에 염산으로 낙인을 찍었다는 것이다. 열두 살 어린아이였다. 그 사건은 묻혔다가 1년이 지나서 일본인 검사가 이를 문제삼으며 세상에 널리 알려졌고, 기독교청년회와 안식교 내부에서도 비난이 거셌다. 결국 그는 병원장에서 해임되어 본국으로 추방됐다. 이 사건을 계기로 좌익 성향의 사람들이 선교사들의 치부를 폭로하며 반미투쟁을 펼치는 도화선이 됐다.

교회 다닌 적 있느냐

요한복음에는 베드로가 새벽 닭이 울기 전 예수를 세 번 부인하는 내용이 나온다. 첫 번째 탈북 후 나는 선교사 집에서 함께 생활하면서 중국에서 학교를 다녔다. 나는 당시 매일 기도하고 매일 성경책을 읽었다. 그때는 믿음이 뭔지 또 신앙이 뭔지 몰랐다. 어린 나이에 그냥 읽고 쓰고 외웠을 뿐이다. 그러다가 중국 공안에 잡혀서 도문 감옥에 수감되었다. 함께 수감돼 있던 어른들이 내게 이런 말을 했다. 북한 보위부로 북송되면 절대로 교회 다녔다는 얘기를 하지 말아야 한다고. 알겠다고 답했다. 나는 수갑을 찬 채로 북한 보위부로 이송됐다. 닭장 같은 감옥에 수십 명이 함께 쪼그리고 앉아 있었다. 그곳에서는 이름이 없다. 숫자만 있을 뿐이다. 나는 52번이었다. 부지불식간에 번호를 부른다. "52번 나와!" 꾸벅꾸벅 졸다가 잽싸게 "예. 52번!" 하고 대답했다. 취조실로 갔다. 반짝반짝 깨끗하게 닦인 군화를 신고 어깨에 총을 멘 보위부 군인이 서 있었다. 취조실 방은 두세 평 남짓한 작은 공간이었다. 고개를 푹 숙인 채 들어갔다. 군인이 갑자기 내 오른쪽 정강이를 걷어찼다. 아팠다. "너, 이 새끼 졸았지?" 나는 아니라고 답했지만 금세 알아차렸다. 아까 불렀는데 내가 대답이 없었다고 했다.

취조가 시작됐다. 질문이 몇 개였고 기본적인 사항이었다. 미성년 학생이니 특별히 물을 것도 없었다. 곧 예상했던 질문이 나왔다. 교회를 다닌 적 있느냐는 질문이었다. 성경책을 읽었냐는 질문이 더해졌다. 나는 준비한 대로 그런 적이 없다고 했다. 교회도 모르고 성경책도 모른다고 답했다. 그저 조선족의 도움으로 살았다고 말했다. '하나님' 이런 말도 들어본 적이 없냐고 집요하게 물었다. 난 그게 뭔지도 모른다고 잡아뗐다. 군인은 믿지 않는 표정이었으나 내게 딱히 더 질문 하지는 않았다. "나가!" 뭔가 시험을 무사히 통과한 기분이었다. 교회를 다녔거나, 선교사를 만났거나, 그런 사실이 밝혀지면 거의 수용소행이다. 북한은 종교를 탄압하기 때문에 교회를 다니면 중범죄자로 취급한다.

한국에 와서 성경을 읽으며 베드로 이야기가 나올 때마다 그때 취조받던 기억이 떠오른다. 군인의 취조에 하나님 이름도 들어본 적이 없다고 답하는 어린 꼬마의 모습이 오버랩된다. 어쨌든 나도 베드로처럼 살기 위해서 부인했다. 어린 내가 살기 위해 부인했지만 교회가 실제로 하는 역할은 부인될 수 없다. 이미 교회는 식량과 의약품 등 북한에 인도적 지원을 많이 하고 있다. 한국에 정착한 탈북민들에게 실질적으로 도움을 많이 주는 곳이 교회이기도 하다. 나중에 남북관계가 조금 더 열리면 민간 영역에서 교회가 할 수 있는 역할이 참 많을 것이다. 기독교 복음 전파를 말하는 게 아니다. 지금까지 교회가 해 왔던 것처럼 긍휼한 마음으로 북한 주민들을 대하는 역할을 말한다. 독일이 통일되기 전 서독 교회는 동독에 정말 많은 구호 물품을 보내어 동독 사람들의 마음을 움직였다고 한다. 국제 구호단체인 〈월드비전〉 설립자인 밥 피어스Bob Pearce는 "하나님의 마음을 아프게 하는 것들로 하여금 제 마음도 아프게 하소서"라고 기도하면서 월드비전을 세웠다고 한다. 이런 마음으로 한국 교회가 북한 주민들을 돕는다면 북한이 열리는 날이 꼭 올 거라고 생각한다. 인간의 힘으로 안되는 것들이 너무 많다. 하지만 기적은 존재한다. 나는 그것을 믿는다.

교회라는 곳

앞서 말한 것처럼 빨간 십자가 덕분에 구원을 받았다. 중국에서 나는 공안이 두려워 밖에는 잘 나가지 않았다. 선교사는 아이들을 앉혀 놓고 성경을 읽게 했다. 나는 〈잠언〉 1장부터 31장까지 필사했다. 가끔 하루종일 금식 기도를 시켰다. 그게 괴로웠다. 냉장고에 먹을 것이 가득한데 강제로 굶기다니, 이해할 수 없었다. 나는 겨우 열두세 살 어린아이였다. 성경 내용을 도통 이해 할 수 없었다. 예수님이 2천 년 전에 나를 위해 십자가에 매달려 죽었다는 이야기는 허풍처럼 들렸다. 그게 어떻게 말이 되나. 하지만 하라는 대로 했다. 읽고 쓰고 기도하고 찬송가를 불렀다. 함께 지내던 아이들 모두 나와 같은 심정이었다. 밥상 앞에 둘러앉아 성경책을 읽는 시간이 가장 괴로웠다. 이해가 안되는 걸 어떡하란 말인가. 하나님의 존재에 대해서, 그리고 태초에 말씀으로 세상이 만들어졌다는 이야기는 허황됐다. 북한에서는 김일성이 솔방울로 수류탄을 만들고 축지법으로 이동했다는 이야기를 배운다. 성경의 내용과 별반 다르지 않았다. 그래도 한 가지는 분명히 알았다. 성경을 읽는 사람들, 기도하는 사람들은 선한 사람들이라는 것을. 나를 도와주는 사람들은 다 그런 분들이었다. 선교사들은 내가 먹고 마시고 입는 것이 다 하나님이 주시는 것이라 말했다. 다양한 옷가지와 신발들과 간식 등 후원 물품이 자주 들어왔다. 나는 먹고 마시고 입었다. 성경은 이해가 안됐지만 하나님이라는 신을 믿는 사람들 덕분에 내가 살 수 있는 것은 분명했다. '영원한 태양' 김일성과 '경애하는 장군' 김정일은 나를 굶겼다. 그러나 교회는 그러지 않았다.

나는 모든 교회가 다 선한 사람들만 있는 곳인 줄 알았다. 하지만 이제는 그렇지 않다는 것을 안다. 한국에서 살면서 줄곧 교회를 다녔다. 신앙은 부끄러워도 교리는 잘 알고 있었다. 중국에서 금식하며 달달 외웠기 때문이다. 십계명, 사도신경, 주기도문, 주요 성경 구절은 귀가 닳도록 들었다. 자주 게으름을 피웠지만 그래도 주일 예배는 대부분 참석했다. 탈북민들에게 관심을 주는 사람들의 대부분은 기독교인들이었으므로 주변에는 항상 기독교인들이 있었다. 나는 성경을 자주 읽고, 교회 수련회나 모임에도 참석하고, 크리스천 선교 캠프에 참가하여 미국에서 1년 동안 신앙생활을 하기도 했다. 하지만 한국에서 교회는 내게 정말 혼란스러운 곳이었다. 어느 목사의 욕설 영상, 신자에게 '빤스'를 벗어야 진짜 믿음이라고 말하는 목사, 교회 헌금을 횡령한 목사, 김정일이 빨리 죽게해 달라고 기도하는 사람들은 내가 기대한 기독교인이 아니었다. 6.25 이전에 빼앗긴 토지를 돌려 받을 수 없다면 통일을 결사 반대한다고 말하던 사람은 함께 '예수제자훈련'을 받았던 사람이었다. 나는 혼란스러웠다. 기이했다. 한국 교회는 내가 경험해 왔던 선한 사람들만 있는 곳이 아니었다. 교회인지 기업인지 헷갈릴 때도 있었다. 많은 탈북민이 실망해서 교회를 떠났다. 그나마 생활비 같은 경제적인 도움을 주기 때문에 붙어 있는 경우도 있었다. 교회에 실망한 것이 아니라 교회 다니는 사람들에게 실망을 했다면서 여기저기 교회를 옮겨 다니기도 한다. 정말 미스테리다. 나는 이북에서 사랑한다는 말을 들어본 적이 없다. 엄마 아빠도 그런 말을 하지 않았다. 그런데 교인들은 서로를 사랑하는 형제님과 자매님이라 부르며 사랑한다고 말한다. 그런데 행동은 어째서 저럴까, 나는 늘 의문이었다. 중국에서 내게 십자가는 분명 사랑이었는데 한국에서 십자가는 무엇인지 헷갈린다.

하지만 나는 여전히 내 마음속의 그 십자가를 생각한다. 세상에는 선한 선교사와 기독교인들이 그렇지 않은 교인들보다 더 많으리라 믿는다.

제2장

안녕하세요. 조경일입니다

아오지에서

흔히 '아오지'라 불리는 곳, 나는 함경북도 경흥군 시골 마을에서 자랐다. 교과서를 제일 잘 읽는 학생이라고 선생님에게 칭찬받고 집으로 돌아와 부모님에게 자랑했던 때가 기억난다. 그때 읽은 내용은 국어 교과서에 실린 이순신 장군의 거북선에 대한 부분이었다. 하지만 아홉 살 인민학교[3] 1학년 수업을 겨우 마친 후부터 제대로 등교하지 못했다.

---

3. 한국의 초등학교에 해당하며 4년제이다. 지금은 중국처럼 이름을 소학교로 바뀌었다.

배고파서 더 이상 학교에 갈 수가 없었다.[4] 책상에 앉아 공부하려면 뭐든 배를 채워야만 가능한데 먹을 게 없었다. 나는 세 살 터울인 누나와 이삭을 줍거나 먹을 수 있는 나물을 캐러 다니거나 부모님이 구해 오는 먹거리를 기다리는 나날이 이어졌다. 아홉 살, 열두 살 아이가 할 수 있는 건 겨우 그 정도였다.

그러다가 2000년 여름 엄마 손을 잡고 두망강을 건너 처음 탈북했다. 선교사들의 도움으로 중국 연길시 흥안 지역에 있는 현지 조선족 소학교 1학년에 입학했다. 그때가 열두 살이었다. 북에서 배우지 못했으니 서너 살 나이를 줄여서 입학해야만 했다. 그마저도 행운이었다. 한글을 읽을 줄 아는 것 외엔 배운 게 없고 중국어도 할 줄 몰라 입다물고 맨 뒤 책상에 앉아 조용히 공부했다. 북에서 온 사실을 숨겨야 했다. 조선족 학생 신분으로 위장했다. 이것도 쉽지 않았다. 탈북 소년이라는 게 밝혀지면 중국 공안에 잡혀가기 때문에 여러 번 거처를 옮겨야 했다. 나는 곧 학교를 다시 못 다

---

4. 1994년 김일성이 사망하고 1995년부터 시작된 대홍수 피해와 함께 사회주의 배급경제가 붕괴되었다. 1996년 쯤부터 본격적으로 〈고난의 행군〉이 시작됐다.

니게 됐다. 그러다가 연길시에서 한참 떨어진 의란진이라는 시골 지역 조선족 학교로 갈 수 있는 기회가 찾아왔다. 소학교 2학년에 입학해서 다시 공부했다. 행동이 튀어서는 안 된다. 말투와 습관과 눈빛조차 다 바꾸고 조용한 모범 학생이어야 했다. 수업 마치는 종이 울리고 아이들이 가방을 챙기며 자리에서 일어나는 그 순간에도 나는 펜을 놓지 않고 공부했다. 남들보다 두세 배 더 열심히 공부해야 했고, 하고 싶었다. 탈북 신분을 숨긴 채 중국 학교에서 처음으로 꿈을 키웠다. "과학자가 될래요" 하면서. 오래 가지 못했다. 수업 중 손님이 찾아왔다. 공안이었다.

그때가 2002년 4월 26일 오후 2시 쯤이었다. 나는 중국 공안에 체포되었다. 그리고 38일 후 북송되었다. 고향에 돌아가서는 중학교 4학년으로 입학했다. 북에서는 개별 학생의 수업진도와 지식습득 정도와 상관없이 나이에 맞는 학급에 들어갈 수 있다. 인민학교 1학년 이후로 제대로 만나지 못했던 친구들을 6년 만에 다시 만났다. 내가 살던 동네 아오지[5]는 한반도 지도 제일 위쪽 외진 곳이라 반 전체가 대부분 유치원 때부터 같이 코 흘리던 친구들이었다. 그러나 중

---

5. 함경북도 경흥군에 있는 지역으로 옛 이름을 아오지로 불렀다. 아오지탄광이 있는 곳이다.

학교 4학년 수업을 따라갈 수는 없었다. 공부도 더 이상 의미가 없었다. 꿈도 희망도 사라졌기에 하루 벌어 하루 사는 삶만 생각했다. 그렇게 2년이 지난 2004년 여름이었다. 먼저 탈북한 어머니에게서 인편을 통한 연락이 왔다. 아들을 찾기 위해 돈을 들여 브로커를 보냈던 것이다. 어머니가 제안했다. 한국에 오면 공부도 시켜주고 대학도 갈 수 있노라고. 나는 정말 공부하고 싶었다. 그게 어린 나의 유일한 희망이었다.

인생의 나침반에 대하여

나는 세 번 탈북했다. 첫 번째는 조선족 학교에서 수업 중 중국 공안에 잡혀 북송되었고, 두 번째는 아버지 걱정에 자발적으로 돌아왔다. 대륙을 종단하고 여러 나라를 거치는 마치 드라마에서나 볼 것 같은 우여곡절을 거친 세 번째 탈북 끝에 2004년 9월 23일 아침, 인천공항에 무사히 도착했다. 그리고 4개월 뒤인 2005년 1월 주민등록증을 받고 정식으로 대한민국 국민이 되었다.

인천 남동구 만수동 집 근처에 중학교가 하나 있어서 그 학교 행정실 문을 두드렸다. 만 16살이니 중학교 3학년에 입학할 나이였다. 그런데 행정실 직원이 내 이야기를 듣더니 초등학교 5학년으로 재입학하거나 빨리 졸업하려면 적어도 6학년으로는 가야 한다는 것이었다. 어리둥절했다. 알고 보니 내 최종학력이 초등학교 졸업도 안됐던 것이다. 북에서 공부한 교육과정 이수는 다 합쳐 봐야 겨우 4년도 채 안된 상황이었다. 한국은 초등학교가 6년제이니 2년이나 미달이었다. 한국 교육체계상 상급학교로 진학하려면 학력 이수를 꼭 받아야 한다는 것이다. 이럴 줄 알았으면 국정원에서 조사받을 때 그냥 초등학교를 졸업했다고 말할걸 하는 후회가 들었다. 그러나 이미 어쩔 수 없었다. 17살의 나이로 초등학교에 갈 수는 없는 노릇이었다. 결국 검정고시 학원에 등록할 수밖에 없었다.

나는 공부만 했다. 그것도 미친듯이 했다. 외로웠다. 친구도 친척도 아는 사람 하나 없었다. 그저 나 자신과의 싸움이었다. 매일 새벽 6시에 일어나 모자 꾹 눌러 쓰고 자전거를 타고 30분 정도 이동해서 구월동에 있는 인천광역시 중앙도서관에서 자리표를 뽑았다. 1시간쯤 공부하다가 8시 조금 넘으면 다시 자전거를 타고 10분 정도 거리에 있는 학원으로 향했다. 학원 수업은 학교와 비슷하게 45분 수업하고 종소리 울리면 15분 쉬면서 오전에 3과목, 오후에 2과목을 수업했다. 총 5과목의 하루 시간표였다. 오후 수업이 끝나면 다시 자전거 타고 도서관으로 가서 공부하다가 저녁시간에 집으로 가곤 했다. 저녁을 먹고 나면 컴퓨터 앞에 앉아 자기 전까지 시간을 보냈다. 주로 게임을 하거나 이것저것 찾아보며 컴퓨터와 친해졌다. 잡다한 컴퓨터 관련 지식들을 이때 독학했다. 게임을 하기 위해서는 컴퓨터 사양이 어때야 하는지, 어떤 프로그램이 필요한지, 유용한 소프트웨어는 무엇인지 등 알아두면 쓸데 있는 온갖 잡다한 지식이었다. 어차피 가르쳐 주는 이도 없으니 모든 것이 독학이었다. 그렇게 3개월 공부하고 5월에 치른 초등학교 졸업 자격시험에 합격했다. 드디어 17살에 최종학력 초졸이 되었다. 중학교에 갈 수 있어서 기뻤다. 그러나 그냥 검정고시 학원을 계속 다니기로 했다. 17살에 중3 학생으로 가봤자 고등학교 3년까지 해서 적어도 4년을 더 다녀야 졸업할 텐데 그때 나이가 스무 살을 넘어버리기 때문이었다. 그래서 해마다 8월에 있는 중졸 검정고시 자격시험을 위해 다시 3개월을 불태웠다. 집, 도서관, 학원, 도서관, 다시 집을 반복했다. 중졸 자격시험에 합격했다. 고졸 검정고시 자격시험은 해마다 4월에 있다. 다시 8개월을 불태우기로 했다. 이듬해인 2006년 4월, 19살에 드디어 최종학력이 고졸이 됐다.

한국에 온 지 1년 3개월 만에 초중고 과정을 모두 마쳤다. 물론 검정고시는 일반 교육과정보다 쉽기 때문에 가능했다. 참 고마운 일이다. 나같이 학력이 없는 사람이 검정고시 과정을 통해서 학력을 취득할 수 있으니 얼마나 좋은가. 북에서 온 청년들 거의 대부분은 나처럼 이렇게 검정고시 과정을 밟는다. 많은 이가 어쩔 수 없이 늦은 나이에 학력 미달로 오기 때문이다. 한국에 오기 전 까지 공부는 사치에 불과했다. 북에서는 먹을 것을 구하기 위해 모든 것을 불태웠는데 한국에 오니 사치라고 생각했던 공부에 나를 불태울 수 있다는 게 얼마나 감사한 일인가. 고마운 일이 한두 가지가 아니었다. 같은 검정고시 학원을 졸업하신 어떤 분이 검정고시 과정을 밟고 있는 청년을 후원하고 싶다고 학원 측에 이야기했고, 학원에서는 내가 북한에서 왔다는 사실을 알고 있었기에 나를 연결해 주었다. 매달 28만 원 정도 자비로 부담했던 학원 비용을 후원받았다.

고졸까지 마치고 나니 고민이 생겼다. 앞으로 무엇을 할 것인가. 꿈에 대한 고민이었다. 내 미래와 진로에 대해 조언을 해줄 사람이 없었다. 자문을 구할 사람도 없었다. 1년 3개월 동안 앞만 보고 달리다 보니 중간 목적지까지는 도착했으나 그다음 어디로 가야할지 몰랐다. 내게 인생의 나침반이 없었다. 나침반이 없는데 나는 이방인이었다.

검정고시 학원을 다닐 때 영어를 가르쳐 주던 과외 선생님이 계셨다. 일주일에 한두 번씩 만나서 영어를 배웠다. 북에서 온 청년들에게 자원봉사를 해주시던 분이었다. 어느 날 부평역 역사 안에 있는 맥도날드에서 과외 수업을 받던 날이었다. 그때 과외 선생님과 이런저런 이야기를 하다가 희망에 부풀어 있던 나는 장차 남과 북의 통일을 위해 무언가 기여하고 싶다는 추상적인 미래를 꺼냈다. 그때 그분이 내게 한 이야기가 지금도 생생하다. 나중에 대학교에 가면 정치외교학과를 나와서 외교관이 되면 내가 꾸는 꿈에 조금 더 가까이 다가갈 수 있을 거라는 얘기였다. 당시 과외 선생님이 내게 인생의 나침반이었다. 나는 그 나침반이 가리키는 방향으로 인생을 택했다.

정치라는 길

그 무렵 우연히 하나원[6] 동기 친구랑 연락이 돼서 탈북학생들을 위한 대안학교[7]가 있다는 사실을 알게 됐다. 대안학교는 한국에 정착한 탈북청소년들의 교육과 진로를 가이드해 주면서 인큐베이팅 역할을 하는 곳이다. 탈북청소년들은

---

6. 탈북민들이 한국에 입국할 경우 국정원 조사를 마치고 〈하나원〉에 입속한다. 〈하나원〉은 3개월 정도 탈북민들을 대상으로 자유민주주의에 대한 기초 교육과 한국 사회 이해 등에 대한 교육을 실시하는 초기 정착교육기관이다. 〈하나원〉을 퇴소할 때 탈북민은 비로소 주민등록증을 받고 정식으로 대한민국 국민이 된다.

7. 나는 서울 송파구 거여동에 있던 〈하늘꿈학교〉라는 탈북민대안학교에 들어갔다.

대개 나처럼 북에서 적령기에 교육을 받지 못한다. 한국에 오면 늦은 나이에 다시 공부를 시작해야 한다. 검정고시 시험밖에 없다. 대안학교는 그런 청소년들이 검정고시 시험에 합격할 수 있도록 가르치는 대안교육 시설이기도 했다. 그래서 10대 후반에서 20대 초중반 학생들이 대부분이다. 요즘은 10대 초중반의 제3국 출생 청소년들이 많다.

나는 그곳에서 오랜만에 이북 사람들을 만났다. 한국에 와서 드디어 외롭지 않은 생활을 시작한 셈이다. 게다가 서로의 처지를 이해하는 사람들이다. 한국 사람처럼 보이려고 애쓰지 않아도 되고 이북 말로 소통해도 되니 가식도 필요 없었다. 이 대안학교는 '미션 스쿨' 같은 곳이기도 했다. 평일에는 수업하고 주일에는 예배드리는 교회였다. 성경에 대해 많은 걸 배웠다. 성경과 기도가 내 나침반이 되었다. 옛 이집트 지역을 가리키는 '애굽'의 총리 요셉에 대한 이야기가 내 머리에 남았다. 요셉은 형들에 의해 애굽으로 팔려갔다. 어려운 시간을 보냈지만 요셉은 성장하여 애굽의 총리가 됐다. 기근으로 위기에 처한 가족을 애굽으로 불러 기근을 면하게 해줬다는 그런 일화다. 앞으로 요셉처럼 살아야겠구나. 그래서 영어 이름도 Joe라고 지었다. Joe는 요셉Joseph의 애칭이다.

하지만 구체적으로 무엇을 하며 어떻게 살아갈 것인지, 이런 진로 문제를 해결해 주지는 못했다. 어디까지나 위인전을 보면서 존경할 만한 위인을 찾는 식이었다. 그저 선한 사람으로 살아야겠다, 요셉처럼 살아야겠다, 통일을 위해 살아가겠다는 정도의 다짐이 반복됐을 뿐이었다. 그러던 중 자원봉사 멘토로 온 대학생 선배들을 만났고 그들 덕분에 대학교 탐방을 간 적이 있다. 그곳이 바로 성균관대학교였다. 자원봉사 멘토는 성균관대학교에 재학 중인 학생이었다. 대한민국에 어떤 대학교들이 있는지 그 사정을 알지 못했던 한국생활 2년 차 십 대 탈북 소년이었던 나는 멘토에 끌려 성균관대학교 정치외교학과에 가기로 결심했다.

다행스럽게도 나는 스무 살 07학번으로 제 나이에 입학해서 같은 나이의 '남한 친구들'과 처음으로 어울렸다. 한국생활 3년 차에 본격적인 대학생의 일상에 스며들었다. 동일한 수업을 듣고 성적 평가도 동일했다. 북에서 왔기 때문에 봐준다는 건 없었다. 똑같이 경쟁해서 성적을 받아야 했다. 매우 어려웠다. 그러면서도 동아리 활동을 했다. 동아리 성향은 '진보'였다. 비정규직 문제, 반값등록금 문제, 평화통일 관련 행사, 촛불집회 등에 적극 참여했다. 정치가 다 해결하지 못하거나 부재한 그런 현장에서 나는 한국 사회의 주요 이슈를 목격했다. 북에서 왔는데 그런 진보적 이슈 현장에 나가는 것이 괜찮냐고, 걱정하는 사람들이 적지 않았다. 그렇지만 내게 진보든 보수든 중요하지 않았다. 약자들의 편에 서는 것이 옳다고 생각했다. 내 자신이 아무도 내 목소리에 귀 기울여 주지 않는 약자로 살아왔기 때문이다. 그러면서 깨달았다. 통일이라는 것이 내가 생각했던 것보다 쉽게 오지 않겠구나. 당장의 문제들이 우리 한국 사회에서도 이렇게나 많구나.

2학년이 되자 친구들은 군대에 갔고, 나는 미국에 갔다. 마침 크리스천 프로그램을 통해 미국으로 갈 기회가 생겼기 때문이었다. 미국이라니. 설렜다. 전혀 다른 세상으로, 그것도 북에 있을 때 '철천지원수'라고 배웠던 그 미국이었다. 미국 남부 텍사스로 건너갔다. 선교 프로그램의 일환이어서 캠프에서 공동체 생활을 했다. 미국 여러 주州에서 온 친구들은 물론 일본, 네덜란드, 독일 등 여러 나라에서 온 친구들도 있었다. 한국과는 또 다른 새로운 환경이었다. 그곳에서 1년을 지냈다. 풀잎들이 흔들리는 소리가 들릴 정도로 고요한 곳을 나는 걸었다. 지난 몇 년의 한국 생활은 각박했다. 앞사람이 뛰니 나도 같이 뛰어야만 하는 불안함이 생겼다. 앞으로 어떻게 살아가야 할까. 내 인생은 내 힘으로는 불가능한 여정이었다. 나와 달리 같은 여정에서 실패한 무수한 사람들을 생각했다. 그들에 비하면 나는 헤아릴 수 없는 은혜를 입었다. 아오지에서 미국 텍사스라니. 쓸모 있는 사람으로 살아야겠다. 나는 공부를 더 해야겠다는 생각에 한국으로 돌아와 대학교를 졸업한 후 나를 지도해 주실 교수님을 찾아 한림국제대학원에 입학했다. 정치학 공부가 재미있었다. 공부 자체도 재미있지만 내게는 목표가 있었다. 공부를 해서 실력을 키워야겠다고, 나도 남을 돕는 손길이 돼야겠다고 생각했다. 대학원에서는 독일식 연동형 비례대표제 선거제도를 연구했다. 그리고 비례대표제 선거제도 개혁을 위한 국민서명운동 캠페인을 벌이기도 했다. 대학원을 졸업한 다음에는 정치 컨설팅, 선거 컨설팅을 하는 회사에 취직했다. 여의도 정치를 가까이에서 경험할 수 있게 된 것이다. 정치에 입문하는 후보자들의 정치에 대한 소명부터 출마의 변, 캠페인 방법, 홍보전략, 홍보물 제작 등 선거 전반에 관한 컨설팅이었다. 여의도 선출직 정치인이 만들어지는 과정, 선거에서 이기기 위한 싸움의 기술을 목격했다. 정치인의 민낯도 봤다. 여의도에는 괜찮은 정치인이 있는 반면에 정치인이 돼서는 안 될 것 같은 사람도 있었다. 그렇지만 결국 국민에게서 선택받은 사람이 정치를 하는 곳이 여의도 정치라고 생각했다. 어쨌든 나는 정치가 사람들을 도울 수 있지 않겠냐고, 그런 생각을 지금껏 한다. 은혜를 받았으니까 그 은혜를 갚아야 한다.

선교 여행

미국에서 머무를 때의 일이다. 그때 선교 프로그램의 일환으로 4주 동안 인도의 수도인 뉴델리와 힌두교 최대의 성지인 바라나시에 머물 기회가 있었다. 선교 여행이었다. 이때 충격을 받았다. 나는 내가 태어난 나라 북한, 그리고 내 고향 아오지가 세상에서 제일 못사는 곳인 줄 알았다. 그런데 인도에서 아오지만큼이나 찢어지게 가난한 동네를 봤다. 인도는 자유가 있는 나라다. 국내총생산은 세계 5위 수준의 나라이지만, 1인당 국내총생산은 세계 116위에 불과하다. 한마디로 빈부격차가 상당한 나라다. 비록 카스트 제도의 영향이 남아 있기는 해도 민주주의 체제이며 자유가 있다. 그런데도 북한의 아오지 시골만큼이나 가난한 사람들이 즐비했다. 선교의 일환으로 갔으니 부유한 동네보다 가난한 동네를 찾아간 것도 있지만 너무나 열악한 환경이었다. 여러 가지 생각이 교차했다. 대한민국이 참 잘사는 나라라는 사실과 내가 그곳에서 살고 있다는 사실에 감사한 마음이 들었다. 그리고 자유가 있어도 북한처럼 찢어지게 가난하게 살 수도 있구나 하는 생각도 들었다. 자유가 모두의 배를 채워주고 모든 걸 해결해 주는 것이 아니라는 사실을 깨달았다. 어느 나라든 부유한 사람이 있으면 가난한 사람도 있게 마련이다. 한국도 그렇다. 멕시코에 갔을 때도 똑같은 생각이 들었다. 이런 결론도 내렸다. 똑같이 배고파도 자유로운 몸으로 배고픈 것이 낫다. 시애틀에서 북한선교전략학교가 있어 3개월 정도 북한의 정치, 경제, 사회 등 전반에 대한 공부할 기회를 얻었다. 그리고 연구 여행으로 중국의 동북 3성에 갔다. 북한과 접경해 있는 지역이었다. 중국의 도문시 두만강 건너편은 북한의 남양로동지구 마을이다. 도문에서 언덕 산자락에 올랐다. 2000년 6월 엄마 손을 붙잡고 새벽비가 쏟아지는 강을 건넜던 그곳이 선명하게 내려다보였다. 그때 나는 내가 무엇을 하면서 인생을 살아야 하는지 다시금 생각했다. 나는 다시 아오지까지 가야 한다. 저 아래 두만강을 몰래 건너는 게 아니라 떳떳한 모습으로 내 고향에 가야 한다.

국회에서 일하고 싶다

법안을 만들고 그 법을 통해 나라의 정책을 만드는 일, 좋은 법이라면 얼마나 근사한 일인가. 그런 일에 참여하고 싶었다. 국회의원 보좌진이 되고 싶었다. 국회 홈페이지에 접속해서 채용공고를 살펴봤다. 국회 채용공고는 드문드문 수시로 올라온다. 무작정 이력서를 넣었다. 민주당 의원실에만 지원했다. 내가 살아왔던 경험과 경력을 이력서에 차곡차곡 채워 넣었다. 출신 배경과 살아온 이야기와 앞으로의 포부까지 솔직하게 적었다. 무얼 하나 빼놓고는 나를 온전히 설명할 수가 없다고 생각했다. 있는 그대로 썼다. 내가 탈북자라는 사실, 내가 태어난 고향이 이북이라는 사실을 굳이 숨길 필요가 없다고 생각했다.

국회의원 보좌진 공개채용은 경쟁률이 대기업만큼 높다.

인턴 비서 한 명을 모집하는 데 백 명도 훨씬 넘게 지원한다. 지원자 중에는 미국의 아이비리그 대학교를 나온 엘리트들도 상당하다. 그래서 공개채용 경쟁시장은 어려울 수밖에 없다는 생각에 나는 수시로 나오는 모집공고를 확인하면서 그때마다 지원했다. 넣고 넣고 또 넣었다. 스물대여섯 번째 지원 이메일을 발송할 때까지도 연락은 한 곳도 없었다. 1차 서류통과도 못했다. 취업시장이 어려우니까 그런 거라고 생각했다. 내 경력이나 경험이 부족하기 때문일까, 아니면 국회에 어울리지 않나, 그런 생각도 했다.

그렇게 체념하면서 기다리다가 문득 한 가지 생각이 스쳐 지나갔다. 혹시 내 출신배경이 특이해서 그런 게 아닐까. '자소서'를 전면 수정했다. 출신배경과 내가 살아온 스토리를 전부 뺐다. 한국에서의 경험만 적었다. 그리고 새 모집공고에 다시 지원했다. 얼마 후 처음으로 면접을 보러 오라는 연락을 받았다. 정말 기뻤다. '서류가즘'을 느꼈다. 그 뒤로도 여러 곳에서 면접 볼 기회를 얻었다. 이력서와 자소서를 바꾼 뒤부터는 1차 서류 통과율이 40%에 이르렀다. 적어도 내가 국회 보좌진으로 부족하지는 않다는 판단을 받은 게 아닌가 하는 생각에 자신감을 얻었다.

면접을 봤다. 보좌관이 내 이력서를 훑어보며 이것저것 질문했다. 준비한 대로 성실히 답했다. 그러다 이런 질문을 받았다. "고등학교가 어디예요?" 3차 의원 면접 때에도 이런 질문을 받은 적이 있다. 내 이력서에는 고등학교 기록이 없기 때문이었다. 아주 잠시 머뭇거리다 검정고시로 졸업했다고 답한다. 특별한 이유가 있냐고 물어본다. 없는 거짓말을 지어낼 필요는 없으니 소년 시절 이북에서 와서 늦게 공부했기 때문이었다고 답한다. 이 순간 내 출신이 밝혀진다. 3초 동안 정적이 생긴다. 고향이 어디냐고 물어본다. 망설임 없이 함경북도 경흥군이라고 답한다. '함경북도'라는 단어에 놀라서 내 얼굴을 다시 바라보며 북한을 말하는 거냐고 되묻는다. 그러곤 그 '탈북자'를 말하는 거냐며 재차 묻는다. 국회에서 일하는 이들은 이북에서 온 사람을 만나본 적 없는 사람들이 대부분이다. 그런데 국회의원 보좌진 면접자리에서 만났으니 당황스러워하는 눈치다. 짐짓 놀라지 않은 척한다. 나는 그 모습을 익숙하게 알아차린다. '경흥?' 그 순간의 어색함을 없애려고 나는 이렇게 말한다. "혹시 아오지라고 아세요?" 한국에서는 '아오지'를 모르는 사람이 거의 없기 때문이다. 아오지라는 단어가 면접관과 면접자 사이에 생긴 어색함을 누그러뜨린다. 다시 질문이 이어진다. "그런데 이쪽 분야에서 다양한 경험을 했네요." 이력서에 적힌 내 경력들이 '탈북자'에 관해 사람들 머릿속에서 새겨진 이미지와는 다른 것이다. 고향이 밝혀지는 순간, 면접은 북한이나 탈북 관련 내용으로 바뀐다. 언제 탈북했는지, 어떤 루트였는지. 면접자의 업무역량에 대한 질문이 사라진 자리를 흥미로운 질문들이 차지하면서 면접이 마무리된다. 이후 연락은 오지 않는다.

출신배경 때문에 떨어진 것인지, 아니면 역량이 부족해서 떨어진 것인지 나는 알 길이 없다. 나는 다시 다음 모집공고에 맞게 이력서를 고쳐 적었다. 취업할 때까지 반복했다. 그러면서 아, 국회는 '탈북자' 신분으로 비집고 들어가기에는 정말 어려운 곳이구나라는 생각이 들었다. 어디 국회뿐이겠는가. 일반 기업들도 마찬가지다. 탈북민들이 공개 경쟁채용으로 취업하는 건 참 어려운 일. 출신을 밝히면 채용될 가능성이 제로에 가깝다. 그래서 다들 자소서에 고향을 밝히지 않는다. 내가 세상물정을 몰랐던 것인가. 어느 정도 예상했던 일이지만, 생각보다 벽이 높고 단단했다. 나는 태어난 고향이 실력보다 더 중요하다는 사실을 알아버렸다.

내게 고향은 어디인가

내 고향 아오지. 내가 아오지에서 왔다고 하면 사람들은 '잘못하면 보내지는 그곳'이 맞는지 되묻는다. 많은 사람이 아오지를 북한에서 죄를 짓거나 잘못하는 이가 추방돼서 격리되는 곳으로 알고 있다. 심지어 '아오지 탄광으로 보내 버린다'는 농담도 쓰일 정도이다. 월드컵때 북한축구팀이 한국팀과의 경기에 져서 선수들이 아오지 탄광으로 보내 졌다는 소문이 돌기도 했다. 그래서 사람들이 내게 물어본 다. 실제로 그런 곳이냐고. 그런 이야기는 한국에 와서 처음 들어 봤다고 답한다. 나중에 이북 사람들에게 들은 이야기 를 종합해 보면 예전에 그곳에 수용소가 있어서 국군 포로 들을 보냈고 잘못한 사람들도 좀 수용했던 것 같다. 그러나 내가 그곳에서 자라면서 보거나 들은 적은 없다. '아오지'에 관한 나쁜 얘기는 한국에 와서 들은 게 전부였다.

내가 서울 말씨를 완벽하게 쓰지 않기 때문에 사람들은 내게 고향을 묻는다. 망설임 없이 솔직하게 답한다. 그러면 반가워하는 사람들, 신기해하는 사람들, 당황스러워하는 사람들, 반응이 다양했다. 고향을 물어본 다음에 내가 답할 때의 이런 다양한 반응 때문에 물어보기 전에 먼저 말하기도 한다. 상대방이 갑자기 어색해하는 것보다는 낫지 않을까, 먼저 밝히는 것이 더 솔직하게 다가가는 게 아닐까 하는 생각 때문이었다. 내가 먼저 고향을 말했는데 거부감을 갖는 사람이라면 어차피 나중에 알게 돼도 거부감을 가질 가능성이 크지 않을까. 그러다가 어느 날엔가 다른 생각도 해봤다. 굳이 밝힐 필요가 없음에도 내가 먼저 고향을 말해서 상대방이 다가오지 않을 수도 있다는 생각을. 사람들은 이런 복잡한 마음을 모를 것이다. 부산이 고향이면 부산이 고향이라고 말하고, 광주에서 태어났으면 광주가 고향이라고 말하는 데 무슨 고민이 있을까. 나는 아주 가끔 고향을 바꾸기도 한다. 왠지 다시는 만나지 않을 것 같은 스쳐지나가는 사람들에게는 그냥 서울 출신이라고 답하기도 한다. 중국 연변에서 살다가 와서 말투가 섞였다고 둘러댄 적도 있었다. 그럴 때면 내 스스로 고향을 부정했다는 생각에, 내 정체성을 부정해야 더 편한 상황이 된다는 사실에 마음이 아프다. 이번에는 정반대로 더 당당한 태도로, "예, 제 고향은 한국에서 평양 다음으로 유명한 아오지입니다."라고 말하기도 한다.

내게 고향은 어디인가? 어쩌면 서울이 내 고향이 아닐까?
탈북민들은 대개 나와 비슷한 경험을 한다. 대체로 고향을
밝히지 않는다. 나는 그 마음을 이해한다. 어떤 이는 억양이
비슷한 강원도를 고향이라고 말한다. 전라도가 고향이라
고, 부산이 고향이라고 답하기도 한다. 차라리 조선족이라
고 둘러대는 사람들도 있다. 조선족은 한국에서 평범하니
까. 국내에 거주하는 중국동포는 70만 명 가까이 되지만 탈
북민은 겨우 3만5천여 명이다. 그래서 '우리끼리' 만날 때
에는 실제 고향은 다르지만 그냥 같은 고향 사람들이라고
자연스럽게 생각하는 것인데, 이 경우 북한 전체가 고향이
된다. 고향을 잃은 처지가 같기 때문이다.

드디어 국회에서 일하다

2017년 12월 26일, 이 날은 내가 국회에 첫 출근을 한 날이다. 계약직이며 인턴 비서였다. 더불어민주당 김두관 의원실에서 일하게 된 것이다. 김두관 의원은 2016년 20대 총선에서 경기도 김포 지역구에 출마해서 당선되었다. 김포로 온 이유가 북한과 접경해 있기 때문이라는 인터뷰 기사를 봤다. '통일에 관심이 많은 정치인이구나.' 실제로도 김두관 의원은 통일과 남북관계에 관심이 많았다. 반가웠다. 수많은 모집공고에 지원한 끝에 나는 드디어 김두관 의원실 인턴 비서가 된 것이다! 나는 정말 열심히 일했다. 의원실은 일을 배우는 곳이 아니라 일을 하는 곳이라고 생각했다. 즉시 맡은 업무에 결과물을 내야 했다. '못하면 안 된다.' 해마다 10월이면 국정감사가 있다. 국회에서 가장 바쁠 시기다. 국회 기획재정위원회 국정감사 업무에서 무조건 결과물을 내야 하고 국정감사장에서 국회의원이 피감기관에 질의할 수 있는 질의서를 말 그대로 의원 손에 쥐어드려야 한다. 9월 한 달은 밤낮이 없었고 휴일도 없었다. 나는 그냥 일에 파묻혀 살았다. 그렇게 국정감사를 무사히 치러 내니 인턴 계약 기간이 끝나버렸다. 나는 다시 취업준비를 해야 했다. 비록 인턴 비서이지만, 내 이력서에 국회경력이 한 줄 추가됐다. 내게는 그 한 줄이 중요했다.

다시 이력서 넣기를 반복했다. 면접을 보고 나면 또 떨어졌다. 그렇게 한 달 정도 지났을 무렵이었다. 더불어민주당 김영춘 의원실에서 채용공고가 났다. 김영춘 의원은 당시 문재인 정부 초대 해양수산부 장관으로 한창 임기 중이었다. 김영춘 의원, 그분이 어떤 정치인이며 그분의 인품과 실력이 어떤지는 익히 들어서 알고 있었다. 이 기회를 꼭 잡고 싶었다. 나는 이력서를 더 좋게 만들어서 지원했다. 그리고 얼마 뒤 면접을 보러 오라는 연락을 받았다. 너무 기뻤다. 나는 담담하게 내 이야기를 했다. 나를 면접 본 보좌관들은 다른 사람을 통해 내 이야기를 들었던 터라 내가 이북에서 온 사실을 알고 있었다. 며칠 뒤 문자를 받았다. 아쉽게도 이번 기회는 어렵다는 내용이었다. 탈락이었다. 나는 다음에 기회가 된다면 뵙겠다고 답장을 보냈다. 그렇게 아쉬움을 뒤로하고 또 다시 이력서 다듬고 지원하고 떨어지기를 반복했다. 3개월 정도 같은 시도를 반복했다. 마냥 실패를 반복할 수는 없어서 일한다고 미뤄 두었던 대학원 논문을 써야겠다고 생각했다.

그러다 이듬해 2019년 2월 어느 날이었다. 알고 지내던 보좌관에게서 연락이 왔다. 김영춘 의원실에서 일했던 분이었다. 김영춘 의원실에서 내가 지금도 의원실에서 일해 볼 의사가 있는지 궁금해한다는 것이었다. 고마웠다. 채용공고를 내지도 않고 3개월 전에 면접을 봤던 나를 염두에 두고 연락을 해준 것이니 고맙지 않을 수가 없었다. 하지만 논문 준비를 하고 있어 당장은 어렵고 4월부터 출근할 수 있다고 양해를 구했다. 김영춘 의원실에서 4월까지 기다려 주겠다고 했다. 한 달도 더 넘게 나를 기다려 준 것이다. 보통은 흔하지 않은 일이다. 큰 배려였다. 그리하여 나는 2019년 4월 첫째 주 월요일, 국회의원 보좌진으로 다시 일하게 됐다. 마침 청와대 개각에 따라 김영춘 의원도 해양수산부 장관 임기를 마치고 국회로 복귀하는 시점이었다.

뿌듯함과 사명감

이북에서도 가장 못사는 시골 동네에서 태어난 내가 대한
민국의 수도 서울, 그것도 국가 정책과 법을 바꿀 수 있는
힘이 있는 곳, 여의도 국회에서 일하게 되었다니, 스스로 뿌
듯하게 생각했다. 그리고 사명감을 느꼈다.

국회의원 보좌진은 국회의원 한 사람의 정치활동을 지원하
는 그림자 같은 역할을 한다. 정치적 동지이기도 하다. 보좌
진의 도움이 있어야 국회의원이 의정활동을 원활히 할 수
있다. 국회의원은 행정부를 감사하고 모든 법률을 발의 할
수 있는 입법권이 있다. 그래서 흔히 국회의원 한 사람이
곧 입법기관이라고도 한다. 민주주의 사회에서 국민을 대
리할 수 있도록 엄청난 힘을 부여받은 것이다. 그런 정치인
의 정치활동을 보좌하는 것이 보좌진의 역할이다. 그래서

보좌진들은 그 역할을 잘할 수 있도록 실무 권한을 갖고 있다. 행정부가 일을 잘하는지 못하는지 감사할 수 있는 힘이 생기는 것이다. 그리고 필요한 법안을 만들 수 있는 힘까지도. 국민들을 이롭게 하는 더 나은 정책을 만들 수도 있다. 그래서 보좌진으로 일을 하려면 국가 정책은 물론이고 우리 사회 주요 문제들에 대한 이해가 필요하다. 또 기관 감사를 통해서 문제점을 찾아 시정을 요구하고 정책을 제안하기도 한다. 얼마나 매력적인 일인가.

물론 고된 일이다. 국회의원 보좌진으로 일을 하려면 우선 '멀티 업무'가 가능해야 한다. 이곳에서는 한 가지만 잘해서는 안 된다. 이것도 할 줄 알고 저것도 할 줄 알아야 한다. 때로는 하기 싫은 일도 해야 한다. 행정기관이 이것도 하고 저것도 하니까, 입법기관에서 일하는 사람도 이것도 하고 저것도 해야 하는 건 당연지사다. 그것이 정치이며, 보좌진이 일하는 곳은 정치가 행해지는 공간이기 때문이다. 나는 정책 비서이면서 홍보담당 비서였다. 정책만큼 중요한 것이 홍보다. 국회의원은 선출직 정치인이고, 선출직 정치인에게는 자신의 정치활동을 사람들에게 알리는 것이 중요하기 때문이다. 나는 때론 수행을 하기도 했다. 국회의원을 따라 현장 업무를 나가면 나는 수행비서인 것이다.

국회에서 일을 하면 피감기관인 행정부나 공공기관 사람들을 만난다. 그럴 때마다 기분이 묘했다. 국회에서 일을 하지 않았다면 나와 거의 마주칠 일이 없는 사람들도 많다. 나보다 훨씬 나이 많은 것은 물론이고 사회 경험이나 직급도 높은 분들이다. 모두 자신의 일터에서는 부처나 부서를 책임지고 있는 국장급이거나 기관장 또는 임원급이다. 보통 만나면 내가 허리 굽혀 인사를 해야 할 만한 사람들이다. 그런데 국회에서는 오히려 그들이 내게 허리 굽혀 인사하기도 한다. 그럴 때마다 너무나 민망한 기분이다. 감사기관과 피감기관의 관계 때문에 어쩔 수 없는 것인데, 그분들은 그분들의 역할을 하고 나는 그냥 내 역할을 잘하면 된다.

다른 보좌진들이 느낄 수 없는 나만의 뿌듯함과 사명감이 있다. 대한민국 국회는 북한에서는 최고인민회의다. 국회의원은 최고인민회의 대의원이다. 체제가 다르니 그 성격과 각 대의원의 역할이 동일하지는 않지만, 그럼에도 그 위치는 아오지 청년이 이북에서는 도무지 상상할 수 없는 곳, 접근이 불가능한 곳이다. 평양에 가본 적도 없는 내가 서울 여의도에서 나라를 위해 일한다니, 생각만 해도 뿌듯하지 않을 수 없고, 그러므로 나라를 위한 책임감이 안 생길 수가 없다. 그러면서 대한민국을 다시금 생각하게 된다. 누가 뭐래도 대한민국은 모두에게 자유롭고 기회가 있는 나라라고 생각하고, 꿈을 꿀 수 있는 나라라고 생각하는 것이다. 꿈을 잃은 소년에 불과했던 내가 여의도에서 꿈을 꾸다니, 하고 싶었던 일을 할 수 있다니, 얼마나 감사한 일인가. 그래서 나는 마음속으로 주문을 외곤 했다. 이 마음을 잃지말자고, 어떤 어려움이 있어도 잘 버텨내자고.

국회의원 보좌진이라는 직업

국회의원을 보좌하는 직업은 솔직히 안정된 직장은 아니다. 불안한 직업이다. 언제까지 일할 수 있을지 알 수 없기 때문이다. 비정규직이다. 물론 이런 걱정이야 민간 기업에 취직해도 똑같이 있겠지만 국회라는 곳은 또 다르다. 불안한 비정규직 중에서도 가장 불안한 곳 중의 하나가 아닐까 생각한다. 의원실을 잘 만나면 의원 임기가 끝날 때까지는 직장이 보장된다. 자신이 원해서 다른 곳으로 승진해서 가지 않는다면 내부에서 나름 안전하게 승진하기도 하고 국회의원 임기까지 잘 지낼 수 있다. 하지만 그건 어디까지나 바람에 불과하다. 우선 국회의원 임기가 끝나고 재선되지 않으면 직장은 사라진다. 또한 국회도 사람 사회여서 사람 때문에 힘들어진다. 어디나 비슷할 것이다.

지금부터 내가 관찰하고 체험하고 들은 이야기를 해 보자. 내가 속했던 의원실 얘기는 아니라고 말해 둔다. 국회의원실은 정치권 한복판에 있는 조직이라서 그런지 위계질서가 있고 상당히 경직돼 있다. 자유로운 분위기를 자랑하는 의원실도 가끔 있기는 하다. 하지만 정말 가끔이다. 민간기업보다는 상당히 경직돼 있고 상명하복식 의사소통 구조가 대부분이다. 정치라는 공간의 특성이기도 하다. 국회의원 보좌진들, 특히 낮은 직급의 보좌진들은 항상 불안을 느낀다. 실적을 보여주지 않으면 언제든 잘릴 수 있기 때문이다. 민간기업과 달리 국회보좌진은 조직의 호출이나 지시에 따라 다음날 바로 취직할 수도 있고, 잘릴 수도 있다. 그래서 자신의 역량을 최대한 보여줘야 한다. 이곳도 경쟁사회이다. 서로 경쟁의 대상이기도 하다. 다음 승진 기회가 생겼을 때 내가 되느냐 다른 사람이 되느냐는 온전히 자기에게 달렸다. 실적 평가는 주관적이다. 그래서 눈치싸움도 하는 것 같고 관계를 어떻게 맺느냐도 중요하다. 특별히 잘못한 게 없으나 밉보임을 당하기도 한다. 모함도 있다. 사람이 모여서 일하는 곳은 어디나 비슷하다고 하지만 국회라는 곳은 조금 더 벅찬 곳인 것 같다. 경쟁이라고는 하지만 자신과의 싸움이기도 하다. 인내심이 필요하다. 참고 일하는 사람들이 많다. 보람있는 일이지만 자신을 혹사시켜야 할 때도 있다. 국정감사 같은 정기국회 기간에는 퇴근도 없다. 아주 능력이 출중한 사람이 아닌 이상 밤샘은 기본이다. 정부와 공공기관의 연평가를 3주 만에 감사하려니 준비하는 보좌진들은 밤낮 눈코 뜰 새 없다. 업무 강도가 세다.

선거는 거의 해마다 있다. 지방선거, 국회의원 선거, 대통령선거, 재보궐선거 등등. 정치인의 보좌진이니까 선거가 있을 때에는 또 열심히 선거를 치러야 한다. 모시는 국회의원이 다시 당선되느냐 낙선하느냐, 이건 일자리를 이어 가느냐 실업자가 되느냐의 문제다. 물론 당선된다고 해서 함께 일하는 것이 보장된 것은 아니다. 모든 게 국회의원에 달려 있으니까. 유난히 직원이 자주 바뀌는 방들이 있다. 그러면 보좌진 사회에 소문이 난다. 그런 의원실은 분명 문제가 있다는 게 정설이다. 누구를 만나느냐에 따라 우리들의 삶이 달라진다.

김영춘 전 해양수산부 장관과의 인연

나는 김영춘 의원을 만났다.

내가 모시게 된 김영춘 의원은 당시 3선 국회의원으로 민주당 최고위원, 해양수산부장관을 역임한 지도자급 정치인이었다. 평소 통일 대통령이 꿈이라고 말씀하시는 분이셨다. 부산을 대표하는 정치인으로 2021년 보궐선거에 부산시장 후보로 출마하기도 했다. 나는 2019년 4월부터 국회의원 비서로, 또 국회사무총장 비서로 '대장'을 모셨다. 직장 상사와 직원 관계다. 국회 보좌진들은 직원들끼리 있을 때 모시는 의원을 보통 '영감'이라고 칭한다. 나는 '영감'이라는 표현보다는 '대장'이라는 표현이 좋다. 내 마음이 친숙해지고 또 편해지기 때문이다.

김영춘 의원실 비서로 일을 시작한 후 어느 날 내가 수행을 해야 했다. 거의 대부분의 의원실은 보통 수행담당 비서가 따로 있다. 그런데 김영춘 의원실은 수행 비서가 따로 없었다. 대장은 출퇴근 시 보통 대중교통을 이용하거나 택시를 이용했다. 정치일정이 있을 때면 의원실에서 운전 가능한 남자 직원들이 번갈아 수행한다. 그날은 내가 처음으로 운전대를 잡고 수행하는 날이었다. 주차장으로 내려가 차문을 열려는 순간 대장은 내게 조수석에 타라고 말씀하시는 것이다. 수행 첫날이니 당신이 직접 운전하겠노라고, 옆에 앉아서 적응해 보라는 말씀이시다. 국회에서는 매우 드문 일이다. 아니, 마치 비서인 내가 국회의원의 수행을 받는 기분이었다. 대장은 직접 운전하면서 내게 이런저런 이야기를 했다. 내가 모시던 대장은 그런 분이셨다. 한번은 대장이 국회사무총장을 역임하실 때 그해 가을 어느 날 강원도 고성을 함께 간 적이 있다. 그때는 수행 비서인 내가 운전대를 잡고 있었다. 서울로 돌아가는 길에 대장은 한계령을 들러서 국도로 가자고 했다. 가끔 설악산 한계령에 바람 쐬러 온다고 했다. 정상으로 올라가는 길 입구를 조금 지나자 대장이 자리를 바꾸자며 당신이 직접 운전을 하시겠다고 한다. 한계령을 올라가는 길 주변 경치가 참 아름다우니 나더러 창밖을 보면서 구경하라는 말씀이셨다. 당신은 이곳을 자주 왔으니 운전하면서 봐도 충분하다고 하신다. 나는 그때 한계령이 처음이었다. 정말로 경치가 아름다웠다. 대장은 그런 분이셨다. 보좌관과 비서들을 한낱 직원으로 여기기보다는 동료라고 여기면서 우리들의 마음을 생각하는 정치인이었다. 장거리 운전에 피곤하면 졸리기 마련이니 수행 비서인 내게 번갈아 운전하자고 말씀하시는 분이었다. 그런 일이 자주 있었다. 대장이 이러하니 김영춘 의원실 사람들도 권위적이지 않고 자유롭게 의견을 표현하며 인간적인 문화가 있었다.

대장은 대권 잠룡으로도 거론되는 몇 안되는 여의도 거물 정치인이다. 그는 노무현 대통령과 비슷한 길을 걷는 사람이기도 하다. 부산 출신 정치인으로 서울에서 잘나가는 국회의원 지역구를 마다하고 황무지였던 부산 지역구에서 정치를 다시 시작한 정치인이다. 지역주의 타파와 지역 발전이라는 대의명분을 위해 고난을 고난으로 여기지 않고 싸우는 사람이다. 의지가 대단하고 명석하며 인품도 훌륭하다. 그래서 다른 정당에서도 김영춘이라는 정치인은 인정한다. 내가 옆에서 지켜본 그는 굉장히 책임감이 있고 합리적이었다. 그래서 그를 좇아가려면 비서들이 업무적으로 깨어 있어야 했다. 일을 못하면 안 된다. 가끔 서툴게 업무보고를 할 때면 딱딱해질 때도 있다. 하지만 뒤끝이 없는 분이다. 나는 그게 더 인간적이라는 인상을 받았다. 물론 혼날 때에는 식은땀이 흐른다. 나는 그런 분에게서 정치를 배웠다.

약자들의 인정투쟁

통계청 통계이다. 올해 10월 기준 청년 실업률이 5.6%이다. 청년 실업자가 23만4천 명이라고 한다. 통계가 현실을 다 담아내는 것은 아니지만, 청년 실업 문제는 어제오늘의 일이 아니다. 나를 포함하여 내 주변의 청년들 모두 불안한 미래를 걱정하고 있다. 나는 목동역을 지나서 집으로 간다. 매일 저녁 9시나 10시쯤 되면 학원 버스가 줄지어 서 있다. 학생들이 우르르 나와서 버스를 타거나 지하철로 각자 이동한다. 다양한 표정을 짓는다. 웃는 학생도 있고 드디어 하루 일과가 끝났다는 안도의 모습을 짓는 학생도 있는 것 같다. 그 모습을 보며 학교 정규 과정을 경험하지 못한 입장에서 처음에는 부러워했다. 공부를 저리도 실컷하니 좋겠구나 생각한 적도 있었다. 하지만 나중에 알았다. 그 표정들은 대부분 피곤한 표정이었고 더러는 남들이 하기 때문에 따라 하는 학생들이라는 것을. 학원이 정말 많다. 어린이 학원부터 상가 건물마다 꼭 하나 이상은 학원이다. 대한민국은 거대한 학원 사회다. 학생뿐이 아니다. 어른들도 어떻게든 자격증 하나라도 더 따기 위해 공부하거나 기술이라도 배우려고 이런저런 학원으로 발걸음을 옮긴다. 다른 곳에 신경 쓸 여유가 없는 것 같다. 나라고 불안하지 않은 건 아니어서 1.5톤 지게차 운전면허를 땄다. 그다지 쓸모 없는 자격증일지도 모르겠다. 트럭 운전이 가능한 대형면허도 땄다. 이것은 언젠가 필요할지도 모른다. 언젠가 트럭을 타고 고향에 갈지도 모르는 일이니까.

요즘 MZ세대 청년들. 다른 세대는 어떻게 생각할지는 몰라도 그 어떤 세대보다 치열한 경쟁을 해온 세대이다. 그럼에도 일자리 구하기가 어렵다. 우리는 더 나은 스펙을 갖기 위해 자신과 투쟁한다. 사는 게 좋을 리가 없다. 세상과 어른을 바라보는 마음이 따뜻하지 않다. 청년들의 분노가 이만저만이 아니다. 이 분노는 부모 세대를 향한다. 세대갈등이다. 어른 세대는 불안한 노후 때문에 정년연장을 요구하는 집회를 벌인다. 청년세대는 정년연장을 반대하는 집회를 벌인다. 부모 세대와 자식 세대의 고민은 결국 똑같은 것이다. 먹고살기 힘들어서다. 그런데 더 고통스러운 사람들도 있다. 비주류 소수자로 살아가는 사람들이다. 차별과

편견을 받는 사람들이다. 악셀 호네트Axel Honneth라는 사람이 쓴 〈인정투쟁〉이라는 책을 읽은 적이 있다. 이 책에서 저자는 사회적 약자와 소수자가 벌이는 투쟁은 인정투쟁의 의미가 있다고 말한다. 약자들의 인정투쟁은 인정을 하는 주체들의 폭력성에 대한 저항이 전제되어 있다고 한다.

지하철 5호선 광화문역사 안에서 장애인들이 장애등급제와 부양의무자 기준 폐지를 외치며 천막을 치고 오랫동안 시위를 했다. 2012년 8월 12일부터 1,842일간 그 자리를 지켰다. 결국 장애등급제가 폐지됐다. 그들이 집회하는 그 시절, 나는 대학원에 다니면서 선거제도 개혁을 위한 국민 서명 캠페인 활동을 한 적이 있다. 그런 활동 목적으로 광화문역에 자주 갔다. 그때마다 항상 장애인집회 현장을 지났는데 마음이 무거웠다. 거리에 나서는 사람들은 모두 힘없는 사람들이었다. 아무도 들어주지 않는 거리에 나서는 심정을 다 알 수는 없어도 공감이 됐다. 장애인들은 장애인이 아닌 사람들에게서 인정을 받으려는 것이다. 2017년의 일이다. 강서구 장애인 특수학교 설립을 놓고 사회적으로 큰 논란이 벌어진 적이 있다. 장애인 학부모들은 특수학교 설립을 요구했고, 인근 지역 주민들은 부동산 가격 하락을 이유로 설립을 반대했다. 명시적 반대 이유는 허술한 행정절차에 대한 불만이었다. 하지만 사실은 장애인 학교를 '혐오

시설'로 인식하는 이유에서 비롯된 것이리라. 결국 장애학생 학부모들이 반대하는 주민들에게 무릎 꿇고 눈물 흘리며 비는 상황이 만들어졌다. 나는 충격을 받았다. 내가 자본주의 속성을 아직 덜 이해한 것인가. 어찌 이런 일이 벌어지는 것일까. 나는 너무나 마음이 아팠다. 그러나 결국 학교는 무사히 지어졌다. 부동산 가격에 미치는 영향도 없었다.

이런 일도 있었다. 통일부는 2016년 강서구 마곡지구에 탈북민들의 심리, 정서적 고립을 해소하고 탈북민과 일반 주민과의 소통과 통합을 돕기 위해 '남북통합문화센터'를 건립하기로 했다. 하지만 지역 주민들이 거세게 반발했다. 주민들을 배제한 밀실야합이라는 명시적인 이유를 댔지만, 실은 탈북민들을 위한 시설을 '혐오시설'로 인식하는 이유에서 비롯된 것이었다.

해마다 서울시청 광장에서는 '퀴어 축제'가 열린다. 사실 이걸 두고 논란이 많다. 집회를 허락해야 한다는 사람들과 금지해야 한다는 사람들. 퀴어queer의 뜻은 '기이한, 괴상한'을 의미한다. 퀴어는 처음에 동성애자를 비난하기 위해 사용한 단어인데 현재는 성소수자들을 포괄하는 의미로 쓰이며 더 이상 비난하는 단어가 아니다. 성소수자들은 자신들을 괴상하게 바라보며 붙여준 'queer'라는 단어를 오히려 자신들의 정체성으로 바꿔버렸다. "그래. 나, 퀴어다!"라고 당당해진 것이다. 그리고 더 나아가 축제를 벌였다. 사람들은 '퀴어'라는 단어를 더 이상 부정적인 표현으로만 쓰지 않는다. 성소수자들이 자신들을 향한 비난에 맞선 인정투쟁에서 승리한 것이다. 이런 모습을 보면서 나는 약자들이 싸우는 방식을 배운 기분이 들었다.

얼마 전 제91회 아카데미 작품상과 제76회 골든글로브 시상식 3관왕을 한 영화 〈그린 북〉을 봤다. 실화를 바탕으로 한 영화로 흑인 인권운동이 한창이던 1960년대가 배경이다. 주인공인 천재 피아니스트 돈 셜리는 흑인이다. 피아노 연주를 다니면서 온갖 차별을 받고 구타를 당하고 감옥에 수감되기도 한다. 하지만 그는 부당하게 대우받는 자신을 위해 폭력을 쓰는 백인 운전사 토니 발레롱가를 오히려 교양 없이 행동하지 말라고 나무란다. 돈 셜리는 자신을 백인들보다 더 교양 있는 우월한 존재로 규정하는 쪽을 선택했던 것이다. 이 또한 약자들이 싸우는 또 다른 인정투쟁 방식이 아닐까 생각했다.

코미디 영화배우 김인권이 주연으로 나오는 영화 〈방가?방가!〉도 굉장히 흥미로운 영화다. 주인공 방가(김인권)는 별볼일 없는 남자로 그저 그런 일용직 일거리를 구하기도 힘들어 한다. 어느 날 자신의 외모가 동남아 외국인 노동자들과 비슷하다는 걸 알게 된다. 그래서 방가는 부탄에서 온 외노자로 신분을 속여서 현장노동자로 취업한다. 사실 같은 한국인에게 멸시를 받는 것보다 외국인 노동자로 멸시받는 쪽을 택한 경우다. 일부 조선족 사람들은 한국에서 같은 동포인데 왜 차별하냐고 외치기보다는 차라리 자신들을 중국인으로 생각한다고 한다. 이런 사람들이 의외로 많다. 인정투쟁을 하느니 차라리 거부해 버리는 방법이다. 한국에 정착한 탈북민들 중 더러는 미국이나 유럽으로 다시 떠난 사람들이 있다. '탈남(남쪽을 탈출하는)' 현상이다. 탈남하는 이유 중 하나가 이것이다. "탈북자로 사느니 차라리 아시안으로 사는게 낫다." 같은 동포들에게 탈북자로 차별받는 것보다 차라리 그냥 아시안 중에 하나로 동포가 아닌 사람들에게 차별받는 게 낫다는 고백이다.

어느 나라든 어느 사회이든 항상 소수자들이 있다. 대부분 약자들이다. 소수자에 속하지 않은 사람들은 자신들이 누군가를 차별하지 않는다고, 배타적이지 않다고 말한다. 그러나 나는 자신이 의도하든 의도하지 않든 여러 영역에서 주류에 서 있는 사람들의 배타적인 모습을 보아 왔다. 서 있는 위치가 다르기 때문일 것이다. 그들의 본심이 아니었겠으나, 차별인지 편견인지 모르고 하는 언행들이 많은 까닭은 그저 서 있는 위치가 달라서 그런 차별이, 그런 편견이 보이지 않기 때문이다.

내가 한국 사회에서 목격한 다양한 장면 중에는 이런 모습도 있었다. 주류에 속하는 사람들인데 오히려 자신들이 '약자이고 피해자'라고 주장하는 경우다. 나는 그런 주장을 들을 때면 기묘한 기분이 들기도 한다. 젠더갈등이 그런 것 중 하나다. 여성들의 사회적 진출이 확대됨에 따라 남자들이 손해를 보고 있다고 주장하면서 일부 남성들이 여성 단체들에 대한 반감을 넘어 공격적인 모습을 보인다. 이미 안정적인 직장을 갖고 있는 기성 세대에 비하면 취업하기 어려운 우리 청년들은 약자가 맞을 것이다. 하지만 기성 세대가 아닌, 같은 청년인 여성들을 타깃으로 공격하는 건 이상한 일이다. 솔직히 어느 나라나 여성을 사회적 약자로 바라본다. 세계사의 흐름이고 역사적인 사실이지 않은가. 수천 년 동안 여성은 구조적으로 약자였다. 오랜 차별에 숨죽이며 살다가 최근에야 비로소 목소리를 내기 시작한 것이다. 여성들이 목소리를 높이고 우리가 그들의 주장을 듣는다고 해서 여성들이 강자가 되는 건 아니다. 오늘날 청년들도 약자고 여성도 약자다, 라고 생각하면서 약자를 생각하는 나라를 슬기롭게 만들어 갔으면 좋겠다.

나는 왜 민주당인가

내가 민주당 국회의원 보좌진으로 일한다고 말하면 주변에서 놀라는 사람들이 적지 않다. 왜 하필 민주당? 의외라는 반응이다. 그럴 때마다 설명을 해야 하는 상황이 어색하다.

탈북민들은 대체로 정치성향을 표현하지 않는다. 그중에서도 민주당을 지지하는 사람은 드물다. 나처럼 글을 쓰면서 자기 정치적인 생각을 밝히거나 국회라는 정치공간에서 일하는 사람은 극히 드물다. 그 반대로 정치성향을 표현하는 탈북민 중에는 보수적인 목소리를 내는 사람들이 많다. 그래서 나는 탈북민 사회에서 이단아에 가깝게 취급될 때도 있다. 이북에서 온 사람들에게서조차 어떻게 민주당을 지지할 수가 있느냐고, 간첩이 아니냐고, 그럴 거면 왜 탈북했느냐는 질문까지 받았던 적이 있다. 그만큼 탈북민 사회에서 민주당은 탈북민이 기웃거릴 공간이 아니라는 인식이 퍼져 있다. 평범한 한국 사람들조차 탈북민은 모두 보수적일 것이라고 생각하는 것 같다.

여러 가지 이유로 탈북민들에게 손을 내미는 사람들 대부분은 정치적으로 보수성향이다. 탈북민들의 상당수는 그런 보수성향 사람들에게 경제적인 도움이나 취업 같은 도움을 받는다. '줄을 잘 서야 된다'는 세간의 이야기가 있지 않은가. 내가 민주당 국회의원 보좌진으로 일한다고 말하면 사람들은 지나가는 말로 한마디씩 던진다. 왜 민주당이냐고, 한국에서는 줄을 잘 서야 한다고. 민주당이 아니라면 도와주겠다는 사람도 있었고, 민주당만 아니면 도와줄 수 있는 사람을 연결해 주겠다거나 추천해 주겠다는 사람들도 있었다. 만약 내가 보수정당을 택했다면 어쩌면 이력서를 붙들고 그렇게나 좌고우면하지 않았을 수도 있을 것이다. 취업 걱정을 하지 않았을 수도 있다. 하지만 나는 민주당을 택했고, 그런 선택이 어렵지도 않았다. 그래도 탈북민이 민주당에서 버텨 내는 건 외롭기도 하고 어렵기도 하다. 민주당이나 진보진영에 있는 사람들은 나를 어떻게 생각할까? 아직까지는 관심보다는 신기해한다. 내 처지라는 게 이렇다. 나는 북에서 왔지만 빨갱이는 아니라는 '인정투쟁'을 해야 하고, 동시에 보수 쪽 사람들에게는 나는 민주당에서 일하는 탈북자지만 빨갱이는 아니라고 해야 하는 것이다.

나는 그저 약자 편이다. 내가 천하의 약자였으니까. 동병상
련하는 마음으로 약자 편을 드는 진보적 어젠다에 이끌렸
다. 대학생 시절부터 동아리 활동을 하면서 그랬다. 당시 우
리 사회의 주요 이슈들을 정치가 해결해 주길 바라는 사람
들과 어울리면서 한국 사회를 배워 나갔다. 나는 그들의 이
야기를 경청했고 그들이 말하려고 하는 상황을 목격했다.
동의할 수 밖에 없는 이야기가 대부분이었다. 불안한 일자
리에서 언제 해고될지 몰라 걱정하는 사람들, 하루아침에
직장을 잃은 사람들, 비정규직이어서 하청노동자라서 부당
한 대우를 받은 사람들, 먹고살 걱정이 막막한 사람들, 그런
사람들의 이야기였다. 하소연할 데 없어서 1인 시위라도 하
는 사람들, 불안한 남북갈등 말고 평화적 교류를 바라는 사
람들, 그런 사람들의 이야기를 더 잘 듣는 쪽이 민주당이었
고 진보 쪽이었으므로 나는 그저 자연스럽게 거기에 섰다.
보수든 진보든 통일을 원한다. 하지만 같은 목적지를 가는
방법이 사뭇 달랐다. 나는 여전히 고향에 돌아가는 꿈이 있
는데, 대결보다는 교류를, 더 강한 제재보다는 더 강한 협력
으로 평화통일에 힘쓰려는 사람들 쪽에서 내 꿈을 키워 가
고 싶었다.

이북에 머물던 소년 시절 나는 장마당을 다니며 '대한적십자사', '유엔'이라고 적힌 쌀 마대를 자연스레 목격했다. 아버지가 미국에서 들여온 옥수수를 배급으로 받아 오면 행복해하곤 했다. 알맹이가 손톱만큼 눈알만큼 컸다. 옥수수와 쌀이 미국에서 들어왔다는 소문이 마을에 퍼진다. 그러고 나서 조금 지나면 한동안 받지 못했던 배급을 받는 것이다. 덕분에 식량 가격도 조금 낮아져서 시장에서 평소보다 싸게 식량을 구할수 있는 상황이 만들어졌다. 그 대부분이 인도주의 목적으로 북한에 보내진 식량이었다. 이런 인도적인 지원은 인도적인 수혜를 낳는다. 그런 수혜를 직접 체험한 내 입장에서는 당연히 인도적 지원이 필요하다고 말할 수밖에 없다. 이북으로 쌀을 보내면 군인들과 관료들만그 쌀을 먹는다고 반대하는 목소리를 나도 안다. 정치가 작동하기 때문일 것이다. 내가 보기에 소위 민주 진영과 보수 진영의 차이점이 이 부분에서 갈라지는 것 같았다. 군인도 사람이다. 사람이라면 먹어야 하는 게 아닌가. 게다가 혈기가 왕성해서 허기를 더 느끼는 나이의 사람들이다. 좋은 쌀을 군인들이 먼저 먹을지도 모른다. 하지만 인도적 지원 덕분에 어딘가에 묵혀 둔 쌀이 시장에 돈다면 좋은 일이 아닐까.

내 이력서에는 '기독교' 그리고 '통일 활동'이라는 단어가 적힌다. 죽을 고비를 여러 번 넘긴 내 인생에서 신앙심을 빼놓을 수가 없다. 그리고 언젠가 다시 내 고향으로 되돌아가고 싶은 꿈이 있다. 그 꿈을 위해서라도 통일을 위해 노력해야 한다. 탈북자가 기독교와 통일 활동이라니, '빼박'으로 보수파라는 인상을 풍긴다. 그래서 이번에는 민주당 쪽 사람들에게 나는 당신들이 생각하는 그런 사람이 아니라고 애써 증명해야 했다.

내가 어째서 민주당을 선택했는지 민주당을 싫어하는 사람에게도, 민주당에서 일하는 사람에게도 설명해야 하는 상황, 이게 내 처지다.

탈북민의 침묵

정치라는 길을 가 보기로 선택했으니 나는 내 생각을 표현한다. 대한민국 정치를 걱정하고 더 나은 사회를 만들고 싶다는 소망과 자긍심을 키워 왔다. 탈북민 출신이지만 대한민국의 정책에 관여하고 국민들을 위해 좋은 법률안을 입안하는 데 기여하면서 그 자긍심은 더 커져만 갔다.

하지만 '탈북'이라는 딱지는 지워낼 수 없었다. 내가 무엇을 하든 사람들이 나를 그렇게 바라본다. 나는 익숙해져야 했다. 나는 뭔가라도 더 많이 생각한 다음 표현해야 했다. 그러나 대부분의 탈북민들은 침묵한다. 탈북민들이 한국에 오면 먼저 국정원에서 간첩인지 아닌지 검증을 받는다. 이 검증을 통과했다고 끝이 아니다. 일상생활을 하면서도 '혹시 간첩 아니야?'라는 시선을 느낄 때가 있다. 그러면 우리는 본능적으로 우리가 간첩이 아님을 보여 줘야 안전할 것 같이 느낀다. 최대한 북한을 악마화해야 한다. 사람들은 탈북민의 입을 통해 '북한은 악한 곳'이라는 말을, '자유 대한민국 최고'라는 말을 듣고 싶어하는 것 같다. 그런 말을 하는 탈북민에 대해서는 쉽게 안심을 느끼는 것 같다. 그런 심리 현상을 탈북민들이 수용하는 것이다.

사람들이 듣기 원하는 그런 얘기가 아닌 다른 경험, 다른 생각을 이야기하면, 위험하다. 인터넷 댓글 창에는 온갖 욕으로 도배된다. 그러면 왜 한국에 왔냐고, 간첩 아니냐고, 다시 돌아가라는 공격을 당할 수 있다. 안전하지 않다. 불리하다. 그래서 탈북민들은 다시 입을 닫는다. TV 방송은 악마화된 북한을 선호하는 것 같다. 좀 더 자극적인 게 시청률에 이로울 테니까. 우리 탈북민들은 고향을 부정할수록 이곳에서 더 안전하게 생활할 수 있다. 어쩌면 입다물고 있는 게 편하다.

그런데 거기도 사람이 살고 있는 곳이다. 악하기만 할 리 없잖은가?

조국

축구선수 안영학은 재일 '조선인'이다. 일본 프로축구 J리그에서 축구를 했고, 한국 K리그에서도 축구선수로 올스타에 두 번이나 이름을 올렸다. 그리고 조선민주주의인민공화국 국가대표 축구선수로 2010년 남아공 월드컵에 출전했다. 그에게는 세 개의 신분증명서가 있다. 조선민주주의인민공화국 여권, 일본에서 발급받은 재입국허가서, 대한민국 여행증명서(임시여권). 안영학은 자신의 국적을 남한도 북한도 일본도 아닌 '조선'이라고 말한다. 남과 북이 갈라지기 전의 조선이다. 재일 조선인 축구선수 '인민 루니' 정대세도 있다. 정대세는 한국과 북한 국적을 둘 다 선택했다. 안영학 선수처럼 한국 K리그에서 선수로, 또 조선민주주의인민공화국 국가대표 축구선수로 뛰었다. 안영학은 자신이 한국과 북한 중 국적 하나를 선택하는 순간 나라가 둘로 갈라졌다는 사실을 인정하는 것이라 생각했다고 한다. 그래서 분단 이전의 '조선'을 선택해서 분단을 거부하고 싶었다고 말했다. 안영학과 비슷한 이유로 남북한 어느 곳도 선택하지 않고 조선인으로 사는 '재일 조선인'이 적지 않다. 북한은 가난하고 자유도 없는 나라다. 반면 한국과 일본은 부유하고 자유로운 나라다. 그런데 왜 안영학과 정대세는 기꺼이 북한 국가대표팀 축구선수가 되었을까. 그들에게 조국은 무엇이었을까. 이런 의문이 떠나지 않았다. 옛날 생각이 난다. 나는 이런 질문을 받은 적이 있다. 남과 북이 축구경기를 할 때면 둘 중 어디를 응원하냐고. 나는 그때마다 항상 둘 다 비겼으면 좋겠다고 말했다. 내가 북한에서 태어나지 않았더라면 당연히 한국팀이 이겨야 한다고 말했을 것이다. 그런데 안영학과 정대세는 북한에서 태어나지 않았다. 북한에서 살고 싶어하지도 않을 것이다. 그러나 그들은 북한을 대표하며 경기장에서 땀을 흘리고 경기가 끝난 후에는 함께 눈물을 흘리는 선수가 됐다. 북한에서 태어나 한국에서 살고 있는 내게 조국은 어디인가. 태어난 곳인가, 살고 있는 곳인가, 아니면 저기 너머에 무언가가 더 있는 곳인가.

탈북 소년으로 인천공항에 도착한 지 올해로 17년이 됐다. 함경북도 경흥군에서 보낸 시간보다 서울에서 밥 먹은 시간이 3년이나 더 길다. 내 몸에는 사회주의 피보다는 자본주의 피가 더 많이 흐른다. 2004년 9월 23일, 그날 동트는 새벽 비행기 창문으로 내려다 본 인천공항 불빛은 대낮처럼 밝았다. 그리고 내가 이런 삶을 살 수 있을 거라고는 당시에는 상상하지 못했다. 내 이름은 조경일. 서울 옛 이름인 한양 조趙씨. 서울 경京, 날 일日'. 이름 대로 서울에서 살 팔자였는지 아니면 이름을 지어주신 할아버지의 깊은 뜻이 있었던 것인지 알 길이 없다. 어쨌든 나는 지금 서울 한복판에서 산다. 내게 조국은 어디인가? 사람들이 내게 가끔 묻는다. 잠깐이라도 나는 무슨 말을 할까 망설인다. 지금 살고 있는 곳이 조국이라고 말한다. 상대방이 그런 대답을 원할 테니까. 나는 자기검열을 했다. 내 마음은 어떤가? 조국祖國의 본래 뜻은 조상 때부터 살던 나라, 부모의 나라라는 뜻이다. 내 조상은 함경북도에서 살았다. 내 아버지가 아직 고향에 산다. 나는 거기에서 왔다. 내 마음속에는 조국이 두 개다. 내가 태어났고 한때 내 부모들이 함께 살았던 조국이 있다. 또 하나의 조국, 지금 내가 살고 있는 대한민국이라는 조국이 있다. 그러나 이 조국과 저 조국은 서로 적대적이며 왕래도 불가능하니 두 개의 조국 사이에 놓인 경계에서 내가 서 있는 심정이다.

또 이런 생각도 든다. 나는 지금의 북한을 다시 내 조국으로 선택하고 싶지 않다. 그냥 과거로 남겨두고 싶다. 나는 현재 두 번째 조국인 서울에서 살고 있지만, 이 상태로 안주하고 싶지는 않다. 저 너머에 있는 또 다른 조국에 가보고 싶다고. 내 미래에 있는 조국, 세 번째 조국, 과거와 현재가 만나는 조국. 분단이 없는 나라, 그곳에 가고 싶다. 네 조국은 어디냐고 누구도 내게 묻지 않을 그곳에.

여행 정도면 괜찮지 않을까

한국에 처음 왔을 때 모두 나처럼 통일을 원하는 줄 알았다. 하지만 살면서 통일을 반대하는 사람들이 있다는 걸 알고 충격을 받았다. 하지만 시간이 지나면서 그럴 수밖에 없다는 것도 알게 됐다. 당장 취업하기 바쁜 청년들에게 통일은 진부하기 짝이 없는 주제였다. 스펙 쌓을 시간도 부족하고 그나마 있는 일자리도 언제 잃을지 걱정해야 하는 사람들에게 통일은 문제가 아니었다. 이곳에서 살면서 내가 생각했던 것보다 통일이 훨씬 쉽지 않음을 깨닫는다. 당장의 정치적 상황 때문이 아니라 사람들의 인식 때문이다. 굳이 통일이 필요한지 그 이유를 모르겠다는 사람들도 많아졌다. 어떨 때에는 나만 통일을 원하는 것 같다는 생각이 들 때도 있다. 나조차 통일을 말하기가 꺼려진다.

나는 내게 다시 물어본다. "통일이 정말 필요한가?" 나는 간절히 원한다. 만나야 될 사람이 그곳에 있다. 하루빨리 통일이 됐으면 좋겠다. 하지만 현실은 녹록치 않다. 나는 다시 묻는다. "지금 당장 통일이 필요한가?" 솔직히 자신 있게는 답을 못하겠다. 갑작스러운 통일은 부작용이 더 많겠다는 생각도 든다. 그런 식으로 통일이 이루어지면 통일 후가 더 걱정이다. 지금 탈북민들이 한국 사회에서 살아가는 현실을 봐도 그렇다. 한국은 고도의 압축성장으로 선진국이 됐지만 불평등과 온갖 사회적 문제들도 고도로 압축되어 있지 않은가? 한국 사회는 아직 북한 사회를 수용할 준비가 안 됐다는 생각도 든다. 북한의 2천 만 동포들을 어떻게 수용하겠는가. 생각만 해도 끔찍하다. 1등 국민과 2등 국민으로 나뉠 것이 불 보듯 뻔하다. 이대로는 어려울 것이다. 동서독이 통일이 된 후 서독 주민들은 동독 주민들을 '무지하고 굼뜨다'는 의미로 비하하며 '오씨Ossi'라고 불렀다고 한다. 동독 사람들은 서독 사람들을 '오만하고 천박하다'며 '베씨Wessi'라고 불렀다고 한다. 한국 사회에서 '탈북자'라는 말은 이북에서 온 사람들의 정체성을 의미하기도 하지만 비하의 의미로 사용되기도 한다는 점을 생각하면, '무지하고 굼뜬 북씨'를 반길 리 없다. 북한 사람들도 '오만하고 천박한 남씨'를 좋아하지 않을 것이다. 사람들이 통일을 원하지도 않는 것 같고, 그렇다고 준비 안된 통일은 걱정스러우니 나는, 우리는, 어떻게 해야 하는 것인가.

사람들이 생각하는 통일은 북한 정권이 무너진 다음의 문제이다. 그런데 정말 북한 정권이 무너질까? 우리가 북한을 무너뜨릴 수 있을까? 밖에서 보면 북한 정권이 무너질 듯 무너질 듯하지만 북한은 무너지지 않았다. 오히려 3대 세습으로 더욱 공고해졌다. 이제는 힘으로 북한을 무너뜨릴 수 있다는 생각을 버릴 때가 되지 않았을까? 그러면 통일은 불가능한가. 모든 일에 과정이 있고, 우리 세대가 안되면 다음 세대가 숙제를 풀면 되지 않을까? 다음 세대가 통일을 이루고 우리는 통일의 선결 조건인 평화와 경제협력을 먼저 만들어 내면 좋을 것 같다. 불안이 해소되고 조금 더 먹고살기 괜찮아진다면 더 많은 일을 할 수 있을 것이다. 우리 세대에서는 여행 정도면 괜찮지 않을까.

여행 정도면 괜찮지 않을까… 그러나 이게 얼마나 기적 같은 이야기인가. 한국 여권으로 북한에 들어갈 수 있는 여행이라면 나는 그런 상황을 기꺼이 통일이라 부르겠다.

제3장

마음의 벽을 허물어 봐요

냉면

한국에서 가장 유명한 북한 음식이 냉면이다. 평양냉면은 물냉면, 함흥냉면은 비빔냉면이다. 여름철 우리 국민의 대표 요리이며, 겨울에도 사람들이 찾는다. 이런 냉면, 한국에 와서 처음 먹어 봤다. 별로 좋지 않았다. 맛이 없기 때문이었다. 그저 삼겹살을 구워 먹고 나서 느끼한 기분이 들 때 후식으로 맛보는 정도였다. 그러던 것이 요즘은 맛을 조금 알아서 열무냉면을 사먹곤 한다.

나는 평양이나 함흥 근처에도 가본 적이 없다. 내가 살던 곳은 함경북도 경흥군이고 우리나라 지도에서 가장 북쪽에 있는 동네이며 러시아와 중국 두 나라와 국경을 마주한 곳이다. 아오지가 아무리 촌 동네이긴 해도 나름 읍도 있고 개방도시인 나진 선봉과 가깝기도 하다. 그런데 냉면을 먹어본 적도 들어본 기억도 없다. 아마 그곳에도 냉면이 있었는데 나만 몰랐을 수도 있다. 감자 전분으로 만든 농마국수나 다시마 미역으로 만든 다시마국수를 가끔 먹었을 뿐이다. 처음 한국에 와서 냉면 먹으러 갔을 때에는 몇 젓가락 맛보고는 그대로 남겼다. 대체 무슨 맛으로 먹는 음식인지 도통 알 수가 없었다.

타자 연습

처음 탈북하기 전까지 북에서는 컴퓨터를 알지 못했다. 중
국에서 그 신기한 것을 처음 봤다. 2년 후 북송돼서 다시 중
학생으로 북한 생활을 하게 됐을 때 학교에서 컴퓨터 수업
이 있었지만 컴퓨터를 만지고 하는 수업은 아니었다. 첫 번
째 탈북 후 중국 연길에서 생활한 선교사 집에는 컴퓨터가
한 대 있었다. 그러나 그 컴퓨터를 사용하지는 못했다. 컴퓨
터가 있는 선교사님 방은 거의 출입금지였기 때문이다. 딱
하루 전원이 꺼져 있는 컴퓨터 키보드를 만져 본 게 전부
다. 키보드를 쳐봤다. 굉장히 신기했다. 그때가 2001년 즈
음이다. 그 후로 나는 자꾸 그 컴퓨터 키보드를 생각했다.
세 번째 탈북해서 한국에 들어오는 과정에서 나는 마치 피
아노를 치듯 습관적으로 손가락 연습을 했다. 한국에 가면
컴퓨터를 할 수 있다는 얘기를 들었고, 타자를 잘 치려면

손가락이 부드러워야 한다는 얘기를 들었기 때문이다. 그 때는 아직 키보드의 세세한 위치도 몰랐다. 그저 손가락을 빠르고 유연하게 움직이는 연습을 해야겠다고 생각했다. 탈북 여정 동안 앉아서 쉴 때마다 틈틈이 무릎에 대고 타자 치는 연습을 하곤 했다. 가끔 사람들이 내게 왜 그러냐고 물어보곤 했다. 마치 수전증이 있는 사람처럼 열 손가락을 무릎에 대고 움직여 대니 이상했을 게다. 가끔 피아노가 있는 거처에 들르면 건반을 컴퓨터 키보드라고 생각하면서 눌러보기도 했다.

한국에 도착한 후 국정원에서 조사를 받았다. 처음 일주일 정도는 독방에서 혼자 지내게 한다. 철저히 조사하기 위함이다. 매일 똑같은 자필 진술서를 썼다. 한 2평 정도 되는 작은 방에 1인용 간이 침대 하나와 조사관 책상이 전부다. 조사관 책상 위에는 무려 컴퓨터가 있다! 조사관이 들어와서 컴퓨터를 켜고 나를 심문했다. 이것저것 묻는다. 나는 대답하고 다시 자필로 써냈다. 그날의 심문이 끝나면 조사관이 나간다. 그러면 나는 재빠르게 조사관 컴퓨터 앞으로 가서 앉았다. 컴퓨터를 켤 줄도 몰랐다. 그저 컴퓨터 키보드를 만지고 싶었다. 그동안 한국으로 오면서 연습했던 손가락 열 개의 유연성을 테스트해 보고 싶기도 했다. 처음으로 키보드에 적혀 있는 한글 모음과 자음의 위치를 봤다. 양손

검지를 중심 자리에 위치시켜 놓고는 ㄱ, ㄴ, ㄷ, ㄹ, ㅏ, ㅑ, ㅓ, ㅕ, 자음과 모음 자리 연습을 했다. 매일 반복했다. 조사관이 없는 작은 방에서 할 수 있는 건 전원도 안 켜진 컴퓨터 키보드를 만지는 일이 전부였다. 나는 그걸로도 충분했다. 너무 재미있었다. 빨리 나가서 타자를 마음껏 쳐보고 싶었다. 컴퓨터를 제대로 배우고 싶은 마음으로 설렜다.

지금 생각하면 민망하고 웃기는 일이다. 분명 그 방에는 CCTV가 있었을 것이다. 아마 국정원 사람들은 다 봤을 것이다. 조사관이 나가자마자 조사관 자리를 두리번거리면서 꺼져 있는 컴퓨터 키보드를 만지작거리는 나를 보며 무슨 생각을 했을까. 독방에서 조사를 받는 며칠 동안 내내 나는 그런 짓을 했다. 손가락이 굳지 않도록 잘 연습을 해야 한다고 생각했다. 국정원 조사를 마친 후 '하나원'으로 이동했다. 본격적으로 공부하며 한국사람처럼 생각하고 사는 방법을 익히는 교육 시설인 하나원에서 컴퓨터를 배우기 시작했다. 윈도우 버튼의 기능과 인터넷 익스플로어 사용법, 이메일을 만드는 법 등 아주 기초적인 교육부터 시작했다. 컴퓨터 수업 시간의 가장 핫한 주제는 타자 속도를 높이는 것이었다. 타자를 잘 칠수록 상금이 컸다. 목표 타자 속도 100을 넘기면 플로피 디스크를 하나 받았다. 2004년에는 16메가 용량인 플로피 디스크가 대중적으로 사용됐다. 200

타를 치면 플로피 디스크를 하나 더 받을 수 있었다. 하나
원을 나올 때에는 300타를 넘기는 수준이 되었다. 나는 플
로피 디스크 묶음을 받아 들고 하나원을 졸업했다.

반가운 국정원 전화

2010년 가을 미국에서 생활하고 있던 어느 날이었다. 국정
원에서 전화 한 통을 받았다. 순간 내가 무슨 잘못이라도
했나 싶어 겁이 났다. 하지만 그런 걱정은 곧 사라졌다. 탈
북해서 국정원에서 조사받는 사람이 있는데 그에 대한 신
원조사 때문이었다. 그 사람의 진술서에 내 이름이 나왔다
고 한다. 이런 경우 국정원은 더블 체크, 크로스 체크를 한
다. 새로 들어온 사람의 입에서 먼저 탈북한 사람 이름이
나왔으니 당연히 그걸 확인하는 것이 국정원의 할 일인 것
이다. 전화기 너머에서 질문이 왔다. 김형철(가명)이라는
친구를 알고 있냐는 것. 아, 김형철. 중국에서 함께 소학교
를 다닐 때 내 이름을 쓰던 동생이었다. 우리는 수업 중에,
한날한시에, 중국 공안에 잡혀 갔다. 그 김형철이라니 세상
에, 그렇게 반가울 수가 없었다. 우리는 당시 중국 도문 감

옥에서 38일 동안 수감됐다가 북송되어 온성 보위부에서 3일간 함께 취조받고 헤어졌다. 그때 나는 14살이었고 그는 겨우 12살 무렵이었다. 그 뒤로 소식을 알 수 없었다. 그런데 그가 무사하다는 소식을 6년 만에 국정원 전화를 받고 알게 된 것이다. 정말 기뻤다. 한국으로 돌아온 후 합정에서 그를 만났다. 키가 나보다 훨씬 크고 수염이 덥수룩한 것이 열두 살 꼬마의 모습을 찾을 수는 없었다. 어색했다. 하지만 어색함이 1이라면 반가움이 99다. 이렇게 우리가 다시 만나다니!

탈북해서 한국에 오면 반드시 국정원 조사를 받는다. 조사를 받으면서 자필로 몇 번이고 조서를 쓴다. 동네 구석구석 지도를 그린다. 그러면 국정원은 위성 사진과 지도를 대조해서 그게 사실인지 확인할 것이다. 가족과 친척과 친구들 이름까지 다 적어야 한다. 탈북민이 적은 조서에 나온 이름 중에서 한국에 정착한 사람이 있다면 국정원은 그 사람에게 전화를 걸어 확인하는 것이다. 국정원 직원이 내게 전화할 이유가 그것 말고는 없다. 한국 사람 중에서 국정원 전화를 반길 사람은 거의 없을 것이다. 옛날 중앙정보부, 안기부 시절의 나쁜 기억이 있어서 얽히기 싫어진다. 탈북한 나 같은 사람은 더 멀리하고 싶어 한다. 피하는 게 정상이다. 나도 그렇게 생각했다. 국정원 전화를 굳이 반길 이유가 하나도 없다. 하지만 그때 미국에서 받은 그 전화 이후로 나는 완전히 생각이 바뀌었다. 국정원에서 내게 전화한다는 것은 내가 아는 누군가가 탈북했음을 뜻한다. 이건 반가운 소식이다. 그가 친구일 수도, 친척일 수도 있다. 내 아버지일 수도 있다. 그러므로 내게 가장 기쁜 소식을 전해줄 전령사가 바로 국정원 전화인 것이다. 하지만 십 년이 지나도 전화 한 통 없다.

가구 없는 방

탈북해서 한국에 오면 '하나원'이라는 기관에서 한국 사회와 민주주의에 대한 기초 교육을 받는다. 그리고 그곳을 나오는 순간 자유의 몸이 된다. 드디어 '대한민국 국민'이 되는 것이다. 사람들 마음이 부풀어 오른다. 그토록 갈망하던 자유의 나라에 왔으니 해보고 싶은 것도 많고 꿈도 많을 것이다. 하나원을 퇴소하면서 자신이 신청했던 집으로 입주한다. 집 문을 여는 순간 패닉에 빠진다.

텅 비어있다.

가구가 하나도 없다. 정보도 없고 지식도 없다. 가구가 하나도 없는 방에 홀로 남아 무엇부터 시작해야 할지 앞이 컴컴해진다. 이때가 자유 시장 경제를 온몸으로 체감하는 순간이다. 물론 미리 알고 오는 사람들도 있어서 그들은 곧잘 해낸다. 하지만 대부분은 이런 낯선 체험에 막막해진다. 이제부터 맨땅에 헤딩하는 것이다. 그러면서 시행착오를 겪고, 시행착오를 겪으면서 단단해진다. 탈북민들이 겪는 이런 패닉 상황이 세상에 알려지면서 요즘은 지원이 늘었다. 하나원에서 퇴소할 때 지역 복지관이나 교회를 연결해 주기도 한다. 그곳에서 가구를 지원받기도 한다.

어쨌든 집을 얻었다는 것은 시작을 뜻한다. 겨우 시작이다. 문을 나서면 일자리를 찾아야 하고, 그래서 어디로 가야 하는지, 누구에게 물어야 하는지 등등을 스스로 찾아야 한다. 정보 빈곤에서 벗어나는 게 중요하다. 이런 과정을 거치면서 탈북민들은 치열하게 살아간다. 그러면서 돈에 집착한다. 탈북민이 돈에 집착하는 것에는 사연이 있다. 독하게 돈을 벌어야 이북에 있는 가족 한 명이라도 더 데려오거나 먹여 살릴 수 있기 때문이다. 돈이 최고는 아니겠지만 돈이 있어야 모든 게 가능해진다. 삭막하지만 이것이 탈북민이 선택한 맨땅이다.

한국 사람 같아요

한국말을 잘하거나 한국생활에 익숙한 외국인들에게 우리는 "한국 사람 같아요."라는 말을 자연스럽게 한다. 가나 출신 예능인 샘 오취리나 호주 출신 샘 해밍턴에게 우리는 '대한외국인'이라는 별칭도 붙여 준다. 그리고 그들을 한국 사람 같다고 말한다. 외국인들은 한국 사람 같다고 말하면 같이 웃으며 좋아한다. 그만큼 한국말을 잘하거나 한국 문화에 대한 이해가 높다는 평가이면서 칭찬이기 때문이다. 샘 오취리나 샘 해밍턴처럼 외국인들은 자신들을 '외국인'이라고 생각한다. 그래서 한국 사람이 아니어서 듣게 되는 '한국 사람 같아요'나 '한국 사람 다 되었네요'라는 말들은 칭찬이다. 나도 한국말 잘하는 외국인들을 만나면 한국 사람 같다고 말하며 엄지 손가락을 치켜 올리곤 했다.

그런데 한국인이 그런 말을 들으면 어떤 기분일까? 내 출신을 밝히자 상대방이 내게 '한국 사람 같아요'라는 말을 자주 한다. 전혀 북한 사람 같지 않고 한국 사람 같다고. 나는 살짝 미소를 띠며 반응한다. 그렇지만 마음속으로는 여러 감정이 교차한다. 우선 내가 '한국 사람처럼' 보이는구나 하는 안도감도 들었다. 내가 이 사회에 잘 편입됐다는 긍정적인 신호일 것이다. 이북에서 온 사람들은 한국 사람 같아지기 위해 노력한다. 다르게 보이지 않기 위해 애쓴다. 출신이 알려져 봐야 얻는 것보다 손해가 더 크기 때문이다. 하여튼 잘 적응했다는 의미의 칭찬이다. 그러다가 어느 날 이런 생각이 들었다. 그런 생각이 들자 마치 누군가에게 망치를 맞은 것 같았다. 한국 사람 같은 외국인이 아니라 한국 사람으로 살고 있는 내가 듣는다는 게 이상하지 않나. 외국인도 아닌데 한국 사람 같은 나는 대체 어떤 존재인가…

〈선량한 차별주의자〉를 쓴 김지혜 교수는 현장 활동가와 연구자들을 대상으로 소수자 집단을 향한 모욕적인 말들을 수집했다. 그중 하나가 바로 '한국인 다 되었네요'라는 표현이었다고 한다. 소수자들은 주류를 닮고자 애써야 한다.

마음의 벽

탈북민 국회의원을 향해 '분수를 알라'고 했던 어느 평론가의 이야기를 접하고 나는 이것이 우리 사회의 현실을 그대로 반영한다고 생각했다. 실제로 정치 성향을 떠나 공개적으로는 말을 못해도 사석에서는 탈북민의 역량에 의문을 갖는다. 약자에게 관대한 사회는 그리 많지 않을 것이다. 탄탄한 복지국가에서도 약자는 힘겨운 법이다. 어느 사회나 약자로 시작한 사람들이 주류에 진입하려면 혼신의 힘을 다해야 한다. 분단은 남과 북을 극과 극의 위치에 서 있게 만들었다. 그러므로 가장 고립된 빈국이자 적국에서 온 탈북민이야말로 비주류의 끝판왕에 해당하지 않을까라는 생각을 한다. 한국에서 이방인을 대하는 정서를 범주로 나누면 첫 번째가 외국인, 두 번째가 조선족, 그다음 세 번째쯤에 탈북민이 있다. 그만큼 탈북민들의 한국 생활이 녹록

하지 않다. 먹고사는 문제는 누구에게나 똑같으니 문제가 안 된다. 문제는 정서, 마음에서 발생한다. 마음에 벽이 있다. 그러므로 이 마음의 벽을 넘어 탈북민의 성공 사례가 많아지는 게 중요하다. 그게 먼 훗날 통일을 위해서도 도움이 된다고 생각한다. 탈북민들이 한국에서 더 많이 성공할수록 통일에 가까워지고, 한국에서 더 많이 실패할수록 통일에서 멀어진다. 북한은 틈만 나면 한국에서 살아가는 탈북민들의 사례를 거론하면서 주민들을 세뇌시킨다. 자발적이든 비자발적이든 '탈남'해서 재입북한 탈북민들이 있다. 한국이 잘사는 나라인 것을 북한 인민들도 많이 알고 있다. 북한은 재입북한 그들을 방송에 내보내서 남한을 자본주의에 찌든 비인간적인 사회라고 매도한다. 탈북민은 배신자이며, 그 배신자들이 겪는 남한 사회의 비정함을 비난한다. 하지만 정작 인민들은 남한에서 탈북한 가족이 송금해 주는 돈으로 먹고산다. 당국 몰래 남한 드라마와 영화를 보면서 말투까지 따라하기도 한다.

장님과 코끼리

〈장님과 코끼리〉라는 우화가 생각난다. 코끼리 코를 만져 본 장님은 코끼리를 굽은 멍에와 같다고 말했고, 코끼리 다리를 만진 장님은 나무와 같다고 말했다. 장님들은 자기가 만져 본 그 느낌으로 코끼리를 생각했다. 코끼리가 아닌 것도 아니고 맞는 것도 아니다. 그는 코끼리의 일부를 안다. 그러나 코끼리를 모른다. 여기에서 "장님 코끼리 말하듯"이라는 속담까지 생겼다.

일부 탈북민들이 이곳에서든 저곳에서든 북한을 증언한다. 내 생각으로는 대체로 장님 코끼리 말하듯 일반화의 오류가 발생하는 것 같다. 의도하든 의도하지 않든 자신이 직접 경험한 것이 아닌 어디에선가 '전해 들은' 이야기로 확신과 과장을 섞어 증언하는 것이고, 또 그런 이야기를 들은 남한 사람들은 거기에서 직접 살았던 사람의 증언이라면서 마치 북한 전체 모습으로 받아들이기 쉽다. 전달하는 사람과 전해 듣는 사람들 양쪽에서 일반화의 오류가 발생하게 되는 것이다. 나는 이 역설적인 상황을 바라보며 한국 사회에서 탈북민들에 대한 이미지와 북한에 대한 이미지가 왜곡되는 모습을 자주 목격했다. 탈북민들의 이야기가 어떤 이유에서든 '정치화'될 위험이 있으니 이건 좋은 현상이 아니다.

나는 내가 살던 동네를 크게 벗어나 본 적이 없다. 같은 함경북도 안에서도 나진 선봉이나 청진, 무산, 회령 등의 가까운 지역 정도는 다녔지만 함경북도를 벗어나 보지는 못했다. 그래서 다른 지역의 이야기는 잘 모른다. 당시에는 휴대전화도 인터넷도 없었다. 다른 지역 소식은 소문이나 구전으로 듣는다. 대부분의 탈북민들도 나와 비슷할 것이다. 먼 거리를 오가는 장사를 하거나 친척집을 다녀오는 경우를 제외하곤 특별히 도를 벗어나는 일이 드물다. 여행의 자유가 없기도 하고 지역을 벗어나야 할 이유도 딱히 없기 때문이다. 여행이라는 개념도 없었다. 기껏해야 소풍 정도였다. 그나마 '고난의 행군'으로 경제가 붕괴하면서 식량 구하러 뿔뿔이 흩어지다 보니 다른 지역으로 조금 더 많이 이동하긴 했어도 그뿐이었다. 우리가 북한 사회를 알아갈 때 이런 특성을 먼저 이해하는 것이 중요하다. 북한 사람들이라고 해서 북한 사회를 잘 알고 있는 게 아니라는 사실. TV 방송에서 얻는 정보라고 해봤자 지도자가 무슨 기업소를 시찰했다는 정도의 이야기다. 요즘은 북한 사회도 변화가 생겼다. 개인 휴대전화가 많이 보급돼서 다른 지역의 소식을 빨리 들을 기회가 생겼다고 한다. 하지만 현재 한국에 정착하고 있는 3만5천여 명의 탈북민의 대부분은 휴대폰이 보급되기 훨씬 전에 북한을 떠나온 사람들이다. 자신이 살던 마을 이야기는 잘 알 수 있지만 다른 지역의 이야기는 제대로 알기 어려운 사회 구조이며 문화였다. 오히려 탈북민들은 탈북한 다른 사람들에게서 북한의 다른 지역 이야기를 듣게 된다. 한국에 와서 북한을 더 잘 알게 되는 것이다. 마치 퍼즐 맞추기 같은 기분이 든다. 다른 지역에서 온 사람들의 이야기를 수집해서 듣고 퍼즐을 맞춰 가며 북한 사회를 전체적으로 이해해 본다. 북한에서 왔지만 내게 북한은 미지의 사회였던 것이다.

나는 최근에 탈북한 사람들을 만나면 꼭 현지 시장가격이나 변화된 모습들을 물어보곤 한다. 내 머릿속에서 퍼즐을 하나씩 추가하거나 수정하는 것이다. 상상할 수 없을 만큼 변한 것도 있고 그대로인 것도 있다. 상황이 이렇다 보니 한국에 온 탈북민끼리 서로의 증언을 믿지 못하는 일이 빈번히 발생하기도 한다. 심지어 같은 고향이어도 경험이 다를 때도 있으니까. 어쨌든 이렇듯 퍼즐 맞추기를 통해 나는 북한을 더 알아야 한다. 내가 탈북민이라는 사실을 숨기지 않고 또 사람들이 내게 북한 사회에 대한 질문을 많이 하니 북한 사회를 잘 알고 있어야 하는 것이다. 장님 코끼리 말하듯 설명할 수는 없고, 또 나 자신이 북한을 이해하는 퍼즐 하나에 불과하니까 계속 탐구생활을 할 수밖에 없다. 예전에 내가 쌀이 없어서 배고파 탈북했다고 말하니 누군가 이렇게 되물었다. "빵이나 국수는 없어?" 이런 되물음이 분단 체제이다. 그리고 이런 물음에도 북한 사회 전체를 그려 가며 찬찬히 답해야 할 텐데 나는 이것이 분단 체제를 극복하는 과정이라고 생각한다.

셀럽 탈북민

제21대 국회에는 탈북민 출신 국회의원이 두 명이나 있다. 자유한국당국민의힘 비례대표 12번으로 당선된 지성호 의원과 서울 강남구갑 지역구에서 당선된 태영호 의원이다. 한국 정치의 중심인 국회에 탈북민을 대표하는 국회의원이 두 명이나 있다는 것은 그 상징성과 대표성 하나만으로도 큰 의미가 있다. 탈북민이 국회의원이 됐다는 것 자체로도 대단한 일이다. 그리고 실제로 여러 방식으로 탈북민들에게는 큰 힘이 된다. 비록 당이 다르고 생각에 차이가 있지만 나는 그분들이 정말 잘해 주길 바란다.

국회의원 선거가 한창이던 지난 2020년 4월쯤 갑자기 '김정은 사망설'이 나돌았다. 김정은이 20여 일 동안 미디어에 보이지 않았기 때문이다. 북한 지도자에 대한 '사망설' 또는

'급변사태설'은 그 이전에도 종종 나돌곤 했다. 그런데 유독 더 크게 화제가 된 까닭은 탈북민 국회의원 당선인들이 '내부 소식통'을 인용하며 김정은 사망설을 "99%"라며 확인해 줬기 때문이었다. 난리가 났다. 탈북민이, 그것도 국회의원 당선자가 직접 확신하면서 말하니 많은 사람이 믿는 분위기였다. 나는 의아했다. 전혀 믿을 수가 없었다. 북한 최고 지도자의 사망을 한국에서 살고 있는 탈북민이 먼저 알 수 있는 방법은 없다고 생각했기 때문이다. 불가능하다. 아마 간첩도 모를 것이다. 대통령의 하루 일정이 매일 공개되는 자유 대한민국에서도 대통령의 건강이나 신변이상에 대해서는 공개하지 않는다. 안보와 연결되는 문제이기 때문이다. 하물며 폐쇄공화국 북한은 오죽할까. 온 사회가 한창 시끄럽게 갑론을박하던 중 마치 부활이나 한 듯 김정은이 버젓이 나타났다. 난 두 가지 생각이 들었다. 헛소문이라는 걸 알았지만 그럼에도 '멀쩡해서' 아쉽다는 생각과, 호들갑 떨고 있는 우리를 비웃고 있을 김정은의 모습이 떠올라서 씁쓸하다는 생각.

두 당선인에 대한 엄청난 비난이 쏟아졌다. 인터넷 댓글은 읽기에도 화끈거릴 만큼 인신공격과 비난으로 도배됐다. 우려가 현실이 됐다. 빨갱이, 간첩, 극우꼴통, 도둑놈, 범죄자, 탈북자 새X들, 등 수식어는 금세 두 당선자를 향해 쏟아졌다. 여기에 그친 것이 아니다. "탈북자들 못 믿겠다.", "북으로 돌아가라.", "내가 낸 세금이 아깝다.", "역시 탈북민들 믿을 게 못 돼."라는 일부 사람들에게 잠재해 있던 불신을 확신시켜 주는 빌미가 됐다. 나를 비난하는 말들이 아님에도 괜히 내 마음까지 아팠다. 탈북민들이 그동안 한국 사회에서 치열하게 살아가며 쌓아올린 신뢰가 한순간에 무너지는 느낌이었다. 혐오와 불신이 더 커졌다. 잘해야 본전인 게 탈북민들의 한국 생활이다. 이런 것이 우리들의 숙명이다. 탈북민 한 사람이 잘하면 탈북민 전체의 이미지가 좋아진다. 탈북민 한 사람이 잘못하면 탈북민 전체의 이미지가 나빠진다.

특히 유명세를 얻고 있는 탈북민이라면 더욱 그렇다. 한국 사회에서 탈북민 한 사람의 스피커가 가지는 영향이 생각보다 크다. 그래서 셀럽 탈북민들의 증언이 얼마나 신뢰성이 있는지 끊임없이 자주 지적돼 왔다. 논란도 한두 번이 아니다. 언론의 주목을 받는 탈북민일수록 뱉는 말에 절제가 있어야 한다. 누구든 부디 책임감을 갖고 말했으면 좋겠다.

한국에서 탈북민 한 사람이 유명해지는 건 생각보다 쉽다. '탈북'이라는 정체성이 상품이 될 수도 있기 때문이다. 요즘 탈북민 유튜버들이 상당히 많다. 내가 개인적으로 아는 사람도 여럿이다. 또 주변에서 내게 직접 유튜브를 해보라며 부추기는 사람도 있다. '탈북'이라는 소재와 '미지의 땅 북한'에 대한 이야기가 재미있을지도 모르겠다. 하지만 부작용이 걱정스럽다. 북한에 대한 비판적 목소리를 높이는 셀럽일수록 인기를 얻기가 쉽고, 인기를 얻는 만큼 부정적 효과도 커지는 걸 봤다. 동조하는 열성 구독자들이 증가할수록 '남의 경험'이 '자기 경험'이 되는 콘텐츠가 점점 많아 진다. 사실보다는 소설이 양산되기도 한다. 구독자들은 그걸 구분해 낼 방법이 없다. 나는 '시간은 진실의 전령사'라는 말을 좋아한다. 좋은 일도 억울한 일도, 진짜와 가짜도 시간이 지나면 진실이 밝혀진다.

너도나도 북한 전문가

내 주변에는 북한 연구자들이 많다. 오랫동안 연구해 온 학자들도 있고 지망생으로 공부하고 있는 사람들도 있다. 북한에서 미사일을 쏘거나 하면 분석하고 평가하고 체제를 연구하는 사람들이다. 보통 우리는 북한 전문가라고도 부른다. 언젠가 연구자 중 한 명이 페이스북에 고민을 터놓은 걸 본 적이 있다. 분석이 빗나갔기 때문이다. 북한을 도대체 알 수가 없다는 것이다. 중국 정치나 미국 정치를 예측하고 분석하는 것과는 차원이 다르다는 토로였다. 그만큼 북한은 종잡을 수 없는 자기들만의 사고방식으로 정책을 결정하고 미사일을 쏘아 대는 것이다. 그래서 북한 연구자들은 다각도로 북한을 연구하려 한다. 워낙 미지의 세계여서 어떤 의도에서 정치적 결정이 내려지는지, 통치 행태와 의사 결정 구조는 어떻게 작동하는지 등 추측으로 그려볼 수

밖에 없다. 한국이나 다른 나라처럼 삼권분립에 따른 권력 배분과 의사 결정 구조가 오픈되어 있지 않기 때문이다. 연구 방법도 아주 제한적이다. 북한의 노동신문이나 서적, 그리고 방송 등의 자료를 통해서 분석한다. 이것도 연구 목적으로 정부의 허락을 받을 경우에만 가능하다. 아직까지 한국에서 북한 자료 접근은 불법이다. 그래서 북한 연구는 제한적으로만 이루어진다. 일반 국민들은 실질적으로 북한 자료 접근권이 없다. TV나 뉴스에서 나오는 북한 소식이나 유튜브에 올라오는 북한 영상들이 전부다. 한국에서 북한을 연구하는 외국인 학자들은 한국 정부를 상대로 정보 공개 소송을 하기도 했다. 자료 접근을 다 막아놔서 북한을 제대로 연구할 수 없다는 하소연이었다. 또한 한국에서는 IP를 우회하지 않고서는 북한 웹사이트에 접속할 수 없다. 이런 면에서 한국도 굉장히 닫힌 사회다.

또 다른 북한 전문가들이 있다. 북한을 살다 온 사람들, 바로 탈북민이다. 그 체제에서 살다 왔으니 북한의 실체를 잘 아는 전문가인 셈이다. 그래서 TV 방송은 물론 국정원이나 다른 국가 기관, 군부대 강연, 학교 강연, 단체 강연 등 다양하게 활동한다. 요즘은 예능방송에서 'ㅇㅇ전문가' 이름표를 붙이고 나와서 북한 사회를 평론한다. 어느 순간 방송에서 기존 북한 연구자들은 잘 안 보이고 온통 탈북민들이 나와서 저마다 북한 정치를 논하는 상황이 연출됐다. 그리고 방송은 탈북민을 북한 전문가로 부른다. 그래서 너도나도 북한 전문가 행세를 한다. 내 주변에는 그런 프로그램에 출연했던 사람들이 많다. 여전히 출연 중인 사람도 있다. 나도 여러 번 출연요청을 받았다. 하지만 그런 제안을 거절했다. 방송에 출연했던 사람에게서 들은 이야기다. 방송에 다시 나가지 않길래 왜 그러냐고 물으니 그쪽에서 더 이상 부르지 않는다는 것이다. 다른 말로 표현하면 잘렸다는 것이다. 자기가 하고 싶은 말을 못하게 한다고 했다. 프로그램에서 원하는 방향에 맞는 이야기만 허락됐던 것이다. 이런 것이 싫어서 스스로 그만두는 사람도 있다.

북한 소재를 다루는 예능 프로그램의 입장에서는 매주 새로운 얼굴을 섭외하는 것이 신선도에도 좋고 프로그램 시청률에도 이로울 것이다. 다양한 얘기를 다룬다. 그러면서 북한의 정치, 경제, 사회, 문화 모든 것을 논한다. 한국에 온 지 겨우 일주일된 사람이 출연하기도 한다. 북한을 재미있게 자극적으로 팔수록 고정출연이 가능성이 높아진다. 그러다가 어느 순간 '북한 전문가'가 돼 있다. 방송이 탈북민을 전문가로 만든 것이다. 하지만 진짜 북한 '전문가'일까. 그곳에서 살다 왔으니 살지 않았던 사람보다 잘 알 것이다. 하지만 앞에서 이야기한 것처럼 북한 사회는 단절된 사회다. 자신이 사는 지역을 벗어나지 않는다. 자기가 살다 온 지역에 대해서는 잘 알 수 있지만, 다른 지역을 잘 알지는 못한다. 서울 사람이 부산을 말하는 것과는 차원이 다른 것이다. 그토록 폐쇄적이며 단절된 북한 청진에서 살다 온 사람이 어떻게 평양의 삶을 논할 수 있을까. 탈북민도 북한을 제대로 연구하지 않고서는 북한 사회를 제대로 모른다. 탈북민 한 명이 경험한 북한은 퍼즐의 아주 작은 한 조각일 뿐이다.

대북전단

일부 탈북민 단체가 북으로 띄워 보내는 대북전단에 대해
말이 많다. 풍선 안에 북한 정권의 실체를 폭로하고 비방하
는 '삐라'를 넣은 다음 바람에 날려 북으로 보내는 것이다.
온통 김정은 체제 비난이다. 흉측한 돼지처럼 그려 놓고 체
제의 우월성을 강조한다. 때로는 한국 드라마를 넣은 USB
나 라디오, 가끔은 달러도 넣어서 보낸다. 탈북민 단체는 휴
전선 인근 지역에서 그런 전단이 들어있는 풍선을 띄웠다.
그곳에 사는 지역 주민들은 현수막을 내걸고 트랙터로 길
목까지 막으며 대북전단 살포에 반대했다. 그들은 지역 주
민의 안전을 해치지 말라고 말했다. 그러자 전단을 뿌리는
사람들은 북한정권에 억압당하는 북한 주민들이 불쌍하지
도 않느냐, 당신들은 공산주의자냐며 지역 주민들을 '빨갱
이'라며 몰아붙였다. 실제로 2014년 접경지역인 경기도 연

천에서 살포된 대북전단에 북한군이 고사총을 발사하고 한국군이 대응사격을 하는 총격전이 발생했다. 탈북민 단체는 대북전단을 뿌리고 가버리지만 주민들은 그곳에 계속 살아야 한다.

전쟁 이후 지속된 상호 비방은 심리전으로 지속되어 왔다. 그러다가 2000년 6·15 정상회담에서 남북은 '상호 비방 중단'에 합의했다. 그리고 2018년 4·27 남북정상회담에서 '상호 적대행위 금지' 합의에 이르기도 했다. 그러므로 공식적으로는 대북전단은 금지된 것이다. 하지만 민간에서 꾸준히 대북전단을 살포했고 이게 북한정권을 자극했다. 더불어민주당이 국회에서 대북전단 금지법(남북관계 발전에 관한 법률 제24조 제1항 제3호)을 발의했고 이 법안은 야당 국민의힘의 필리버스터 반대에도 불구하고 통과되었다. 독재정권에 의해 탄압받는 북한 인민들이 자유를 얻고 해방되기를 바라는 마음은 누구나 같은 것이다. 단지 해결하는 방식에서 차이가 있으리라 생각한다. 그리고 그런 차이점의 전형이 대북전단 살포였다.

대북전단 살포를 주도하는 탈북민 단체를 제외하고 이 방법은 대부분의 국민들의 공감을 얻지 못했다. '삐라'를 뿌리는 사람의 자유는 보장되어야 하고 그 삐라 때문에 불안해진 사람들의 안전을 얻을 자유는 보장되지 않아도 되는 것일까. 후자의 자유는 트라우마에서 벗어나는 자유이다. 70여 년 동안 이어져 온 전쟁의 공포에서 비롯된 트라우마. 대북전단은 국민들의 트라우마를 자극해서 불안감을 일으킨다. 접경지 주민들에게는 실제 위협이다. 이것이 현명하지도 않다. 탈북민들에 대한 국민들의 마음의 벽을 허물어뜨리기는커녕 더 쌓아 올리게 만들까 봐 걱정이다. 대북전단 때문에 지역 주민들이 불안하다고 말하는 데 그걸 '빨갱이'라며 낙인 찍으니 이게 국민들의 감정에 맞지 않는 것이다.

이런 생각도 한다. 대북전단으로 북한 주민의 마음을 얻을 수 있을까? 현재 한국에 정착한 탈북민이 3만5천 명쯤 된다. 저마다 탈북 이유와 과정이 다양하다. 대북전단을 보고 탈북한 사람은 거의 없다. 그렇다면 왜 대북전단을 뿌리는지 다시 생각해 볼 필요가 있다. 더 많은 북한주민을 탈북시키기 위해서인가, 아니면 세뇌당하고 있다는 사실을 깨닫고 정권에 저항하기를 바라는 것인가? 불가능하다. 불가능하다는 것을 우리가 다 안다. 나는 이것이 결국은 남북이 서로 만나지 못함에 대한 갈망의 표현이라고 생각한다. 하지만 시대가 변했다. 상대방을 감정적으로 자극하고 체제의 우월성을 홍보하는 방식은 냉전 시대의 산물에 불과하다. 오래전에 체제 경쟁이 끝난 상황에서 옛날 방식으로 표현해 봤자 무슨 소득이 있을까. 그런 흉측한 방식이 아니면서도 북한 인민들의 마음을 얻을 수 있는 세련된 방식은 없을까. 멀리서 삐라를 뿌리는 대신에 가까이에서 서로 직접 만날 기회를 만드는 것은 어떤가. 그게 바로 남북 교류협력이다. 처음에는 제한적으로나마, 신뢰가 쌓이면 다양하게 확대하면서 남과 북이 만날 기회를 확대하는 것이, 그리고 여행이라도 가능해지도록 하는 것이 더 나은 방식이다. 계속 만나야 신뢰가 쌓인다. 그런데 역설적이게도 멀리서 대북전단을 공중으로 띄워 올리는 사람들은 남북대화와 교류를 반대한다. 압박만이 북한을 변화시킬 수 있다고 믿는다. 전쟁도 불사하겠다며 북침통일을 주장하는 목소리도 있다. 만나고 싶으나 만나기 싫다는 아이러니에서는 길도 방법도 없다.

북한 제대로 바라보기

옛날 한 지인의 이야기가 인상적이었다. 그동안 김정일이 죽기를 기도했는데 정작 김정일이 하루아침에 죽고 나니 자신의 목표를 상실한 것 같다는 이야기였다. 많은 사람이 김정일이 죽으면 북한이 당장 열리거나 통일이 될 거라고 기대했을지도 모르겠다. 하지만 그런 일은 일어나지 않았다. 김정은이 죽어도 그런 일이 발생할 가능성은 낮다. 내가 생각하기로 북한은 정말 많이 변했다. '김씨 왕조' 체제는 변한 것이 없지만 북한 사회는 많이 변했다는 얘기다. 단지 우리가 무관심해서 모를 뿐이다. 지금 북한 경제를 움직이는 동력은 사회주의 배급체제가 아닌 시장논리다. 1990년대 중반부터 북한에 불어닥친 식량 위기 시절을 계기로 북한의 배급체제뿐 아니라 사회 전체적으로 복지체계가 무너졌다. 수십 만 명이 아사했고 수백 만 명이 뿔뿔이 흩어졌다. 그중에서 한국을 안전지대라 믿고 찾아온 탈북민은 고작 3만5천 명이다. 나머지는 중국을 비롯한 제3국에 흩어져 있고 더러는 소리 없이 죽어갔다. 2000년대를 지나며 어두운 터널에서 살아남은 북한 인민들은 생존하는 방법을 터득했다. 바로 장마당, 시장이다. 북한 정권도 시장을 공식적으로 인정했다. 지금은 거의 모든 의식주가 시장 논리로 거래되고 있다. 북한 경제는 더 이상 '사회주의적'이지 않다. 자신들이 아무리 '김정은주의'를 주장한다고 해도 밑바닥은 이미 시장의 맛을 봤다. 과거 중국이 수정사회주의로 전환했듯이 북한도 이제는 자의 반 타의 반 시장경제를 수용하는 길로 가고 있다. 인민들이 살아가는 방식과 체질도 바뀌었다. 배급보다는 시장에 의존한다. 하지만 여전히 식량생산량은 턱없이 부족하고 전반적인 생활필수품이 부족하다. 인구의 삼분의 일 이상이 만성 영양실조에 시달리고 있다. 그럼에도 북한 사회 내부에는 비약적인 변화가 일어난 것이다. 우리가 이해하는 시장주의와는 다르지만 인민들이 시장에 의존하고 있음은 부정할 수 없는 사실이다. 미국이 수십 년간 북한을 바꾸려고 했지만 북한은 바뀌지 않았다. 그러나 북한은 '그들만의 방식'으로 바뀌고 있다. 우리가 제대로 직시하지 못할 뿐이다. 현재 북한의 기축통화는 중국화폐인 '인민폐'다. 북한정부 당국이 공식적으로 지정한 것은 아니지만 시장이 인민폐를 기본 거래화로 쓰고 있다. 달러는 인민폐보다는 덜 유통되지만 가장 선호하는 화폐다. 현지 화폐인 조선 돈은 가치가 없다. 인민폐와 함께 쓰기는 하지만 저축으로서의 가치를 상실했다. 지난 2009년 화폐개혁[8]을 통해 인민들이 깨달았다. 시장에서 거래되는 상품의 80~90%는 중국산이다. 미국과 대한민국이 북한을 바꾸겠다고 시간을 끄는 동안 중국이 북한을 잠식했다. 어려울 때 손잡아 준 곳이 중국이었다.

우리는 북한을 바라볼 때 북한체제와 집권자들만 바라보는 경향이 강하다. 그래서 북한의 이런 변화를 제대로 보지 못하는 것 같다. 체제와 집권자가 그대로이니 북한 사회도 변한 게 없다고 생각하는 것 같다. 개성공단에 입주했던 우리 기업 사람들의 경험을 조금만 집중해서 들어보면 기존에 알고 있던 북한에 대한 이미지와 얼마나 다른지 알 수 있다. 최근에 나오는 탈북민들의 이야기를 들어도 놀라울

---

8. 2009년 11월 30일 오전 11시에 북한 정부는 화폐 개혁을 기습적으로 발표했다. 기존의 구권 100원을 신권 1원으로 교환하는 화폐개혁이다. 교환 가능한 금액을 세대당 10만 원으로 한정한 이 조치를 통해 북한 주민들이 몰래 보유하고 있는 지하 자금을 끌어내고 시장을 통제하려 했으나 북한 인민의 큰 저항에 부딪혔다.

정도로 변했다는 걸 확인할 수 있다. 한국 사람들은 북한을 너무 모른다. 관심이 없고 굳이 알려고도 하지 않는다.

마음에 평화가 없는데

우리 사회의 깊숙한 골을 들여다보면 분단에서 비롯된 트라우마가 있다. 전쟁이 있었고 전쟁으로 말미암은 무수한 아픔이 있었다. 분단 체제를 이용해서 사람들을 겁박한 이데올로기 공포도 있었다. 통일을 말하기 전에 우리 내부에 회복해야 할 상처가 너무 많다. 그 상처를, 이 집단 트라우마를 치유하는 일이 먼저다.

마음에 평화가 없는데 무슨 통일이란 말인가.

북한을 쓰러뜨려야 통일이 가능하다고 생각하는 사람들이 있지만 그런 생각도 마음의 평화를 없애는 트라우마다. 마음의 평화를 갖고 통일을 생각해 보자. 지금껏 북한을 쓰러뜨리지 못했다. 북한을 쓰러뜨릴 수 없다면 공존 외엔 방법이 없다. 물론 북한이라는 독재체제와 공존할 수 없다는 거부감이 있을 수도 있다. 하지만 우리는 이미 70여 년을 공존하면서 살아왔지 않은가. 지금 우리가 남과 북의 체제 공존을 인정한다고 해서 우리의 삶이, 대한민국의 지위가 나빠질 것도 없다. 과거에는 오랫동안 서로 문을 꼭 닫은 채로 공존해 왔다. 공존이기는 해도 대립이었다. 교류 없는 대결이었다. 북한이라는 체제는 쉽게 무너지지 않았다.

그렇다면 그런 공존 말고 다른 공존을 선택해야 할 때가 아닐까.

그러면 이런 목소리가 들린다.

북한 정권은 '절대악'이라고.

인민들을 탄압한다는 점에서 나도 북한 정권이 악이라는 생각에 동의한다. 그렇다면 악과는 대화하지 말아야 할까? 북한을 절대악으로 바라보는 사람들은 '최대의 압박'만이 북한 인민들을 해방시킬 수 있다고 말한다. 하지만 압박은 북한을 굴복시키지 못했다. 오히려 강한 압박은 북한을 더욱 똘똘 뭉치게 만들었다. 전쟁을 불사하며 압박을 해도 가장 연약한 사람들이 먼저 쓰러지게 마련이다. 지배자들은

마지막까지 살아남을 것이다. 모든 대화와 교류를 쇼라고
비난하는 사람들도 있다. 하지만 극보수의 아이콘 트럼프
는 김정은을 직접 만나기까지 했다. 어쩌면 변하지 않는 건
우리일 수도 있다.

편집후기

이 책을 기획하고 편집한 편집자들이
이 책의 뒷얘기를 독자 여러분에게 전합니다.

마담쿠: 저희가 2020년 말에 <고통에 대하여>라는 책을 출간했는데요. <고통에 대하여> 저자 김영춘 님이 당시 국회 사무총장이었습니다. 그때 이 책의 저자가 국회 사무총장 비서관이었어요. 매우 친절하고 성실한 분이라는 인상을 받았어요. 그런데 자유로운 팀 분위기 속에서도 약간은 경직된 느낌이 들기도 했어요. 깍듯함과 다정함 그 사이 어딘가에 있는 사람이라고 생각됐고요. 대화를 하면서 특유의 말투를 듣다 보니 자연스럽게 고향이 어디시냐고 물었거든요. 그때 함경도라고 답하시면서 그의 '정체'가 드러났습니다.

코디정: 정체라니요. (ㅋㅋㅋ) 그 무렵에는 아직 우리가 저자의 책을 기획할 생각은 하지 못했습니다. <고통에 대하여>라는 책에 집중할 때이기도 했고, 솔직히 '탈북민'에 관해 책을 펴내야겠다는 생각이 들 정도는 아니었거든요. 북한을 모르고, 탈북에는 관심이 없고, 그랬던 것 같아요. 그래서 조 비서관이 탈북민

출신이라는 얘기를 듣고도 저는 그저 '아, 그렇구나' 정도였어요. 그럼에도 이 책을 기획하게 됐습니다. 어째서일까요?

마담쿠: 사석에서 그의 탈북에 관한 이야기를 들은 적이 있어요. 자세한 내막은 몰랐고요. 단지 이런 문구로 표현되는 이야기, '눈물 없이는 들을 수 없는 스토리'라는 거예요. 저자를 국회의원 비서로 채용하는 데 결정적인 역할을 했던 신 모 보좌관 님의 입에서 나온 표현이었지요. 궁금하더라고요.

코디정: 네. 저도 궁금했어요. 대체 어떤 사연이 있었길래 눈물 없이는 들을 수 없는 것일까? 막상 당사자의 표정과 말씨에서는 전혀 그런 사연이 느껴지지 않으니 반신반의했어요. 어쩌면 그렇게 말씀하신 보좌관 개인의 풍부한 감성에서 비롯된 표현이 아닐까 하는 생각도 했어요 정작 당사자에게, '눈물 없이는 들을 수 없는 사연이 있다면서요? 그

게 뭐예요?'라고 물어볼 수도 없었고요. 그 정도까지 친밀한 관계는 아니었으니까요. 저는 저자와 상당히 자주 연락을 주고받은 편이었는데 사무적인 관계다 보니 사적인 질문을 할 여유도 없었던 것 같아요. 그러다가 지나가는 질문으로 "언젠가 책을 쓰고 싶지 않으세요?"라고 물었지요. 대체로 사람들은 한 번쯤 자기 책을 내고 싶어하거든요. 저는 그냥 특별한 의도를 갖지 않고 인사치레처럼 그렇게 물어봤는데 조 비서관이 아주 진지하게 답하더라고요. 그럴 생각이라고요. 그때 그 짧은 순간에 저는 편집자 특유의 직업병으로 여러 가지 생각이 복잡하게 얽히면서 책의 '상품성'을 계산했어요. "그래요?"라고 답하면서 "우리 나중에 한번 만나서 얘기해 봐요."라고 말했어요. 하지만 속으로는 이건 굉장히 어려운 출판기획이겠다, 라는 생각이 들었습니다.

마담쿠: (웃음) 네, 저도 이해해요. 우리 같은 편집자들은 저자의 이야기

를 독자가 얼마만큼 공감할 수 있을까를 고민하게 되니까요. 게다가 '눈물 없이는 들을 수 없는 드라마'라면 더욱 그렇고요. 자칫 불쌍한 탈북민의 뻔한 스토리로 소비되는 것을 저희가 원하지 않으니까요. 아직 탈북민은 낯설고, 소수자들이잖아요. 독자가 그런 소수자의 낯선 목소리를 경청하면서 책 내용에 몰입할 수 있을까 걱정됐습니다. 아이러니하게도, '다 아는 스토리다'라는 비판을 듣게 될 것 같기도 했어요. 실제로는 우리가 탈북민의 인생과 사연을 잘 모르잖아요? 그러나 탈북민을 패널로 초대하여 북한에 대해 이야기하는 방송은 인기도 있고 그렇게 탈북민이 상품으로 많이 소비되다 보니 마치 탈북민의 목소리가 진부한 이야기처럼 들릴까 봐 그것이 염려스러웠지요. 어쨌든 이런 걱정과 염려 속에서 우리가 저자에게 연락을 했습니다.

코디정: 국회 사무총장 비서관 일을 그만두고 뭘 하고 있는지 근황을 여

쭈니 잠시 쉬고 있다고 하더라고요.
책을 쓰기 좋을 때라고 조언하면서
두 번에 걸쳐 만났습니다. 이야기
를 나눈 끝에 출판계약을 하면서 저
자에게 여러 가지 조언을 했습니다.
저자는 할 얘기가 너무 많은 사람이
었어요. 세 번이나 탈북하게 된 인
생 드라마, 번민하면서 한국에서 살
아가는 성장기, 정치에 대한 의견,
통일에 대한 견해와 주장 등등. 누
구나 한 권의 책에 자기 생각을 다
담고 싶겠지요. 그 마음을 이해합
니다. 그것이 책을 처음 쓰는 사람
들의 순정이니까요. 하지만 독자는
저자의 첫 번째 저작임을 참작하면
서 읽는 게 아니잖아요? 그런 독자
들을 위해 저자의 욕망을 어느 정도
통제할 수밖에 없습니다. 그래서 가
급적 저자 생각의 팔 할 정도는 독
자가 공감할 수 있는 내용이었으면
한다는 의견을 전했습니다. 저자가
먼저 정해야 할 '글쓰기의 페르소나'
와 글을 묶는 스타일까지 안내하는
작업을 먼저 진행했습니다. 일종의

편집자 가이드라인이었어요. 처음 책이 잘 되면 그 후로도 더 좋은 책을 여러 권 쓸 수 있다면서 설득했는데, 그 모든 과정을 저자가 편집자들을 믿고 성실히 따라와 줬어요. 저자의 성실함에 감탄했습니다.

마담쿠: 그 결과도 아주 좋았고요! 아까도 말씀한 것처럼 사실 저는 저자의 이야기가 불쌍한 탈북민의 탈출 스토리로 소비되길 원치 않았고, 그렇다고 책애서 북한에 대한 엄청난 비밀이 나올 것이라 기대하지도 않았습니다. 탈북민이 대학을 졸업하고 대한민국 사회에 평범하게 적응하면서 국회의원 비서가 되고 책의 저자가 되는, 과거보다는 현재와 미래까지 증명되기를 바랐어요. 그런데 원고를 보니 저자는 제 우려와 의도를 단숨에 뛰어넘어 '소수자'에 대해 이야기하고 우리 사회를 걱정합니다. 이런 점이 편집자의 기획을 넘어선 신선함이 아닐까 생각해요. 개인적으로는 원고를 읽으면서 '나는 얼마나 치열하게 살고 있는가'를

되묻기도 했죠. 어땠어요? 이 책을
편집하면서.

코디정: 출판계약을 하기 전에 저
자가 언론사에 기고한 글을 읽은 적
이 있어요. 그때 '아, 이 사람, 글을
잘 쓴다'라고 생각했어요. 아니나 다
를까 저자가 문장력이 책에 무게를
잘 견디고 있다는 느낌이 들어 좋았
어요. 편집과정에서 원고의 순서가
바뀌었습니다. 원래는 2장 내용이 1
장에 있었고, 1장이 2장이었습니다.
현재의 이야기를 시작함으로써 뻔
한 탈북민의 이야기가 아님을 나타
내려는 의도였지만, 그러다 보니 탈
북 드라마의 감동이 다소 힘을 잃더
라고요. 결국 시간 순서대로 1장의
내용과 2장의 내용의 위치를 바꿨
습니다. 과연 이게 잘한 편집인지는
모르겠습니다만, 편집자로서는 만
족합니다. 그런데 제가 이 책을 편
집하면서 원고 속에 은근히 담긴 이
북말의 묘미를 느꼈는데요. 그게 재
미있었어요. '볶다'라는 말을 '닦다'
로, '쓰다'를 '쓰겁다'로 표현하는 함

경도 사투리가 있었는데 처음에는 잘못 쓴 글자라고 생각했어요. 그런데 사전을 보니 이북 사투리라는 거예요. 굳이 표준어로 바꿀 필요가 있을까라는 생각에 그대로 뒀어요. 동사를 쓸 때에도 저자는 복합동사를 많이 썼어요. '뒤덮이다', '내려앉다', '맞바꾸다', '쥐여 주다', '떠다니다', '따라나서다', '잡아끌다', '내려놓다', '쥐어짜다', '팔아먹다', '스쳐지나가다' 등의 서술어 표현인데요. 확실한 근거는 없지만 이런 표현을 많이 사용하는 게 이북말의 스타일인가 하는 생각도 들었어요. 어쨌든 덕분에 제 한국어가 더 풍부해지는 듯한 기분이 들었습니다.

마담쿠: 저자가 고향의 풍경을 추억하는 글이 있잖아요? 거기에서 "옥수수 밭에는 가을걷이에 한창인 농부들과 학생들이 뭉게뭉게 앉아있다."라는 문장을 읽고 '뭉게뭉게'의 용법이 잘못됐다고 생각했어요. 이 단어는 구름 따위에서 나타내는 둥근 모양을 나타내는 부사잖아요? 그

런데 사전을 확인했더니 이게 이북 말인 거였어요! 이 단어도 그대로 뒀습니다. 언어를 정제하는 것도 의미가 있겠지만, 언어를 더 풍부하게 하는 역할도 책이 해야 하는 것이니까요. 그런데 저자는 아마 북한 얘기만큼 미래 이야기도 하고 싶었을 겁니다. 주로 남북교류, 평화체제, 통일 같은 내용이겠지요. 하지만 책은 한정된 틀을 가지고 있고 우리 편집자들의 기획 범위도 제한적이어서 그 점은 저자나 우리나 아쉬워합니다.

코디정: 그래도 미래에 대한 저자의 진심을 느껴요. 저자가 통일에 관해 이야기하면서 '여행 정도면 괜찮지 않을까'라고 했는데, 그 표현이 굉장해서 제 머릿속에 남아 있어요. 지금껏 통일이나 남북관계에 관해 다양한 이야기를 들었지만 저자의 저 문장만큼 인상적인 표현은 없었던 것 같아요. 관광이 아니라 여행이에요. 저 한 개의 문장이 워낙 깊고 풍성해서 마치 한 권의 책처럼 느껴져요. 엄청난 내용이 들어 있을 것 같

은 책 말이에요. 저자의 한결같은 소망처럼 '여행 정도면 괜찮은 시대'가 왔으면 좋겠다 생각합니다.

마담쿠: 저자의 그런 소망은 과거에서 비롯되었어요. 사석에서 과거에 대한 이야기가 나오면 저자는 한결같이, 그리고 평안하게 대답했습니다. "힘들었어요." 저자의 표현이 어딘가 이상했어요. 왜 힘들었는지 상황에 대해서는 설명해 주었지만 항상 어딘가 부족하다는 느낌을 받았습니다. 제가 보기에는 감히 상상할 수 없을 정도로 힘들었을 텐데도 어느 정도 힘들었는지에 대한 수식어도 없이 그냥 힘들었다는 거예요. 정작 당사자가 감정이입을 하지 않으니, 저는 솔직히 그 힘듦을 가늠하기 어려웠습니다. 수다스럽지 않은 성격 때문에 굳이 표현하지 않는 것인지, 아니면 감정묘사를 잘 하지 않는 것이 이북의 스타일인지, 잠시 생각하다가 곧바로 다른 주제로 넘어가곤 했습니다. 그런데 이 책을 통해 비로소 저는 그 당시 어려움과 그의 감

정을 되짚어볼 수 있었습니다. 그리고 너무 절박한 상황에 처해서 생사의 기로에 놓이면 수식어도 사라질 수밖에 없음을 깨달았습니다. 저는 이 책을 읽고서 '힘들었어요'라는 단어 하나가 표현할 수 있는 세계를 탐험했습니다. 그리고 저자가 생각하는 사고의 깊이가 제가 평소에 가진 사고의 깊이보다 훨씬 깊고 두터워서, 편집자로서 부끄러움을 느낍니다. 이런 제 마음을 독자와 함께하고 싶습니다. 감사합니다.

코디정: 마담쿠가 마음에 드는 책이라면 좋은 책이 틀림없는 거겠지요? (웃음) 이 책을 읽으면서 탈북민의 삶을 이해하게 됐습니다. 또한 그들의 고향인 북한사회에 대해서도, 저자의 표현대로 거기도 인간이 살아가는 사회라는 것을 다시금 생각하게 됐습니다. 곰곰이 생각하면 당연한 것조차 관심이 없으니 화석처럼 굳어버린 편견으로 북한을 괴기스럽게 생각했던 것 같기도 해요. 탈북했다가 잡혀서 북송되면 당연

히 처형당하는 줄 알았지 뭐예요? 이런 바보 같은 생각을 어째서 하게 됐을까요? 저는 뭐든지 추상적으로 생각하는 버릇이 좀 있습니다만, 이 책을 읽으면 자유, 공존, 통일 뭐 이런 단어들을 반추해 봤습니다. 끝으로 탈북민들이 자유롭게 고향을 다시 찾을 수 있는 미래를 저자처럼 저도 꿈꿔 봅니다. 여기까지 읽어주셔서 감사합니다.